W0289987

CHRISTINE TROY

TEMPTING BABY *Daddy*

KLAPPENTEXT

Ist in einer Welt voller Macht, Glamour und Reichtum Platz für die wahre Liebe?

Alexander

Erfolg und Finanzen sind Dinge, die sich kalkulieren lassen. Frauen hingegen sind unberechenbar. Sie geben vor, einen zu lieben, und lügen, dass sich die Balken biegen. Mit der romantischen Vorstellung, es könnte so etwas wie die große Liebe geben, habe ich schon vor Jahren abgeschlossen ... doch dann kam Emma.

Emma

Diese Audition und ihr Preisgeld sind meine letzte Chance, um in New York zu bleiben. Ich bin mit Leib und Seele Sängerin, doch diese Stadt hat mich in die Schulden getrieben. Als mich der Musiklabelinhaber Alexander Channing zu seiner Favoritin erklärt, kann ich mein Glück kaum fassen. Doch ich befürchte, dass er es nicht auf meine Stimme, sondern vielmehr auf eine Nacht mit mir abgesehen hat ...

Für Katja Atzinger.
Danke für deine treue Unterstützung.

1
EMMA

„Nummer 20201!“, ruft der Casting-Assistent und mein Herz zieht sich vor Nervosität zusammen.

Das bin ich!

Zittrig ausatmend richte ich meinen Blick auf den beleuchteten Spiegel, vor dem ich sitze. Meine kobaltblauen Augen sind dunkel vor Anspannung und meine Gesichtszüge steif.

Ganz ruhig, Emma, rede ich mir im Stillen zu. *Das ist nicht dein erstes Mal auf der Bühne. Du weißt, du kannst das. Singen ist dein Leben, es gibt keinen Grund nervös zu sein.*

Das alles wäre leichter, wenn ich nicht mit dem Rücken zur Wand stehen und dringend Geld brauchen würde. Aber so ist es nun mal. Die traurige Wahrheit ist, dass von dieser Audition meine Zukunft abhängt. Sie ist meine letzte Chance.

Darum zwinge ich mich, die junge Frau im Spiegel anzulächeln, wobei ich bemerke, dass mir Lippenstift an den Zähnen klebt. Rasch beuge ich mich vor, wische ihn weg und entdecke auf Schulterhöhe zwei Mottenlöcher in meinem Shirt.

Auch das noch ...

„Nummer 20201!" Die Stimme des Assistenten nimmt einen ungeduldigen Klang an.

Mist!

Rasch nehme ich meine blonden Locken nach vorn, drapiere sie über den Mottenlöchern und setze meinen Fedora auf.

„Nummer ..."

„Komme!" Ich springe auf und eile zur Tür. Gerade will ich aus der Garderobe, als ich mit einer Rothaarigen zusammenstoße.

„Aua, verdammt", schimpft sie und sieht aus giftgrünen Augen auf mich herab. Die Frau ist einen Kopf größer als ich – ich schätze sie auf einen Meter neunzig – und in meinem Alter, also Mitte zwanzig. Wobei sie genauso gut Mitte dreißig sein könnte. Bei der Tonne an Make-up, die sie trägt, ist das schwer zu sagen. „Pass gefälligst auf, wo du hinläufst", pflaumt sie mich an und schiebt mich genervt aus dem Weg.

„Shannon!", ruft ein Mädchen, das hinter mir vor einem der Schminkspiegel sitzt. „Erzähl, wie ist es gelaufen?"

„Was für eine Frage", antwortet Shannon, während sie sich das lange Haar über die Schulter wirft. „Die Jury war begeistert. Ich habe das Preisgeld und den Plattenvertrag so gut wie in der Tasche."

Für einen Moment flackert Unsicherheit in mir auf. Doch ich verdränge das Gefühl und beeile mich, dem Casting-Assistenten durch den Wartebereich zu folgen. Hier herrscht reges Treiben. Einige der Kandidaten stehen in Gruppen zusammen und unterhalten sich, andere gehen ihre Liedtexte durch oder singen sich ein. Wieder andere proben Tanzschritte oder hängen mit hibbeligen Knien an ihren Smartphones. Die Stimmung ist angespannt. Ein brodelndes Meer aus Nervosität, großen Erwartungen und Vorfreude.

Ich habe mir sagen lassen, dass Künstler aus aller Welt gekommen sind, um an der Audition von *Channing Records* teilzunehmen. Kein Wunder, dass sie von weit her anreisen, schließlich winkt neben den Einhunderttausend Dollar Preisgeld, die das Label ausgeschrieben hat, ein Plattenvertrag. *Channing Records* gilt als das weltweit erfolgreichste Musiklabel und ist dafür bekannt, aus Rohdiamanten Superstars zu formen, die die globalen Musikcharts dominieren. Wer immer hier unterkommt, hat es geschafft.

„Hier entlang, bitte", winkt mich der Assistent – ein Mann Anfang vierzig, mit verwaschenen Jeans und einem Vintage-Band-T-Shirt – durch eine Tür. Ich folge ihm und finde mich im Backstage Bereich hinter der Bühne wieder. Er ist abgedunkelt und menschenleer. Ich entdecke eine Reihe aufeinandergestapelter Stühle und Notenständer. Es riecht nach Staub und altem Holz. Was nicht verwunderlich ist, schließlich ist dieses Gebäude weit über hundert Jahre alt.

Der Dielenboden knarrt unter meinen Füßen, als ich dem Assistenten zu der Treppe folge, die auf die Bühne führt. Ein Typ in Lederjacke und zerrissenen Jeans kommt zu uns herab. Er hält ein Mikrofon in der Hand und die Tatsache, dass er Kopf und Schultern hängen lässt, lässt mich vermuten, dass sein Auftritt nicht so gelaufen ist, wie er wollte.

Gerade nehme ich die erste Stufe, als sein Blick auf mich fällt. Zum zweiten Mal an diesem Tag zieht sich mein Herz schmerzhaft zusammen, als ich in seine Augen sehe. Da ist nichts als Leere. Hoffnungslose, trostlose Leere.

„Hier“, sagt er und drückt mir das Mikro in die Hand. „Viel Glück. Du wirst es brauchen.“

„Danke.“ Ich schlucke, spüre, wie es eng in meiner Kehle wird. Plötzlich überkommt mich schlimmes Lampenfieber. Mein Herz beginnt zu rasen und Schweiß tritt mir am ganzen Körper aus. Ich bin drauf und dran kehrt zu machen und nach Hause zu gehen.

Was, wenn die Jury meine Stimme nicht mag? Wenn sie der Meinung ist, dass ich nicht singen kann?

Ein kalter Schauer überläuft meine Schultern und mir wird schwindelig. Ich bleibe stehen und halte mich am Geländer fest.

„Was ist, Kleine? Wo bleibst du?“ Der Assistent steht am Kopf der Treppe und sieht mich ungeduldig an. Er wirft einen Blick auf die Uhr an seinem Handgelenk, hat es offensichtlich eilig. Nebenan warten an die hundert Kandidaten, die noch vorsingen wollen. Sie alle sind hier, um sich zu beweisen; und weil sie von einer Zukunft als Weltstar träumen. Aber ich schätze für kaum jemanden von ihnen hängt so viel von diesem Wettbewerb ab, wie für mich. Wenn ich dieses Vorsingen vermassle, verliere ich alles, was ich mir in den vergangenen Jahren aufgebaut habe. Schlimmer noch, dann muss ich zurück zu ihr ...

Das darf nicht geschehen!

Die Schultern gestrafft gehe ich die Treppe hinauf. Mein Herz pocht noch immer wie wild als ich hinter dem Vorhang hinaus auf die Bühne trete. Mit weichen Knien gehe ich zu dem Mikrofonständer, der sich in der Mitte befindet. Das Licht der Scheinwerfer ist so grell, dass sich nur erahnen lässt, wie groß der Konzertsaal der *Manhattan Melody Hall* ist. Aus dem Internet weiß ich, dass er in einem traditionellen Amphitheater-Stil angelegt und sehr elegant ist.

„Nummer 20201. Emma Sterling“, vernehme ich eine Männerstimme in der Dunkelheit unter mir.

Mit vor Aufregung trockenem Mund setze ich das Mikrofon in die Halterung.

„Was singst du für uns?“, will eine andere, deutlich tiefere Männerstimme wissen.

„*Shadows of your Goodbye*“, sage ich und bemerke, dass ich vor Aufregung heiser klinge. Ich räuspere mich, weil ich auf keinen Fall schüchtern, sondern selbstbewusst wirken will. „Ich habe den Song selbst geschrieben“, erkläre ich und wünschte, ich hätte meine Gitarre mitbringen dürfen. Normalerweise begleite ich mich zu meinen Songs, aber das erlaubt das Label nicht. In der E-Mail, die ich erhalten habe, stand ausdrücklich, dass sie nicht möchten, dass wir Künstler uns selbst begleiten, weil ihr Fokus auf der Stimme liegt.

„Dann leg mal los“, kommt es von einer Frauenstimme, während im Hintergrund die Musik anläuft. Ich stelle mich näher ans Mikrofon und umfange es mit den Händen. Blut rauscht in meinen Ohren. Ich lecke mir über die Lippen konzentriere mich auf meinen Einstieg.

Dann ist es so weit.

„In the quiet of the morning, with the dawn's first light, I reach out for the memories, lost in the night”, singe ich den ersten Absatz. Ich treffe jeden Ton, doch dank meiner Nervosität klingt meine Stimme nicht so satt und kraftvoll, wie sie es sonst tut. Darum schließe ich die Augen, blende aus, wo ich bin, und stelle mir vor, für den einen Menschen zu singen, dem ich dieses Lied gewidmet habe – meinen Dad.

„Your laughter echoes softly, in the corners of my room, but all I find is silence, a world draped in gloom”, singe ich weiter und stecke den Schmerz, der nach all der Zeit noch immer in meiner Brust glimmt in meine Worte. Vor meinem geistigen Auge sehe ich Dad. Seine braunen Augen, die so voller Liebe sind und sein Lächeln, das mir sagt, dass ich alles schaffen kann. Plötzlich ist jegliche Anspannung verflogen und meine Stimme wird kraftvoll und klar.

2

ALEXANDER

„Mr. Channing!“, fängt mich der Manager unseres neuen R&B-Sternchens Tori ab. Ich bin gerade auf dem Weg zu meinem Fototermin mit den Kandidaten der Audition und habe keine Zeit für den Mann. Wie ich ihn kenne, ist er mit einem seiner Schützlinge hier, versucht das nächste Talent bei uns unterzubringen.

„Donald, was kann ich für Sie tun?“, frage ich und bleibe widerwillig stehen.

„Es geht um Toris Europatournee. Ich wollte Sie fragen, ob wir den Auftakt in Paris um eine Woche verschieben können.“

„Wie bitte?“ Ich glaube mich verhört zu haben. Das Konzert ist in wenigen Tagen.

„Es ist so“, sagt er und kratzt sich verlegen über dem Ohr. „Tori musste sich gerade von ihrem Hund trennen und ist emotional angeschlagen.“

Emotional angeschlagen? Will mich der Typ verarschen?!

Donald deutet meine Miene richtig und versucht sich zu erklären. „Ich würde Sie nicht mit so einer Bitte behelligen, wenn ich nicht überzeugt wäre, dass ...“

„Ihnen ist doch klar, dass die Tournee ausverkauft ist?“, unterbreche ich ihn.

„Ist es.“ Schweiß tritt auf seine fliehende Stirn. „Aber ich hatte gehofft, dass …“

„Was? Dass wir wegen einem Haustier sämtliche Pläne durcheinanderwerfen?“ Mein Tonfall ist scharf wie eine Rasierklinge.

Donalds Kehlkopf hebt und senkt sich, als er leer schluckt.

„Der Auftakt wird nicht verschoben“, entscheide ich und mache einen Schritt auf ihn zu. „Sorgen Sie dafür“, raune ich mit tiefer, warnender Stimme, „dass Ihre Klientin wieder auf die Beine kommt.“ *Das ist verdammt noch mal seine Aufgabe.* „Andernfalls ist das ihre letzte Tournee.“

„Sir?“ Sophie, meine persönliche Assistentin tritt an meine Seite und reicht mir eine kleine Flasche VOSS.

Ich richte meine Aufmerksamkeit zurück auf Donald, an dessen Hals rote Stresspusteln ausbrechen.

„Sonst noch etwas?“, frage ich gereizt, als mein Telefon klingelt.

Kopfschüttelnd weicht er einen Schritt zurück, während ich mein Handy aus der Innentasche meines Jacketts hole.

Der Anruf kommt von Cole Lewis. Einem meiner besten und ältesten Freunde.

„Nein, warten Sie, eine Frage hätte ich noch.“ Donald hebt einen Finger und ich bedeute Sophie, sich um den Mann zu kümmern. Dann nehme ich die Tür zu meiner Rechten und finde mich im Backstage Bereich hinter der Bühne wieder. Hier bin ich ungestört und kann in Ruhe telefonieren.

„Cole!“, nehme ich den Anruf gut gelaunt an. „Was verschafft mir die Ehre?“

„Hey Alex! Ich habe lange nichts mehr von dir gehört und dachte, ich melde mich mal wieder."

„Zu lange", bestätige ich, während ein Kerl in Lederjacke an mir vorbei geht. Dem langen Gesicht nach, das er macht, lief sein Auftritt nicht, wie er es wollte. „Hier ist einiges los", sage ich zu Cole. „Wie geht es dir? Hast du etwas von den Jungs gehört?"

Mit den Jungs sind Jonah Kent und Raffaele Grimaldi gemeint. Wir waren zusammen auf der University of California in Berkeley, sind gute Freunde und führen alle erfolgreiche Unternehmen.

„In letzter Zeit nicht. Jonah hat jede Menge mit der Biografie um die Ohren, die der Mirror bringen will, und Raffaele hat sich einem neuen Stiftungsprojekt angenommen."

Während ich telefoniere, läuft draußen auf der Bühne ein Song an, den ich nicht kenne. Ich nehme die Musik zunächst nur im Hintergrund wahr.

„Ich dachte mir, wir könnten uns mal wieder zu einer Runde Golf treffen", meint Cole, als die Kandidatin auf der Bühne zu singen beginnt.

Nicht schlecht, wer auch immer da draußen singt, ist gut.

Ich lausche einen Moment.

„Alex?", macht sich Cole durch die Leitung bemerkbar.

„Wie? Ach so, ja. Ja, eine Runde Golf, das klingt gut."

„Dann trommle ich die Jungs zusammen. Mal sehen, vielleicht finden wir ein Wochenende, das uns allen passt", sagt Cole, und während er redet, komme ich nicht umhin, weiter der Stimme draußen auf der Bühne zu lauschen. Sie ist unglaublich klar und hat eine Tiefe, die ihresgleichen sucht.

„Wie sieht es bei dir aus? Wann hättest du Zeit?"

„Zeit?", frage ich zurück. „Wofür?"

„Na für eine Runde Golf."

„Ach so, ja klar. Wann, ist egal. Ich bin flexibel."

„The day moves on, the sun climbs high, yet shadows still remain", singt die Kandidatin und bringt etwas in mir zum Schwingen, das mich endgültig in ihren Bann zieht.

Ich will wissen, wer da auf der Bühne steht!

„Sorry, Cole, ich muss Schluss machen. Sag Bescheid, wenn du mit den anderen gesprochen hast."

„Ist gut."

Ich lege auf und stecke das Handy zurück in mein Jackett. Mit großen Schritten steuere ich die Treppe an, die auf die Bühne führt. Gerade setze ich einen Fuß auf die erste Stufe, als die Kandidatin zum Refrain anhebt.

"And in the heart of night, when stars light up the sky, I find myself a whisper, with a solitary sigh", singt sie und sorgt dafür, dass mich eine Ganzkörpergänsehaut überläuft.

Wow …

Inzwischen habe ich die Treppe erklommen und werfe einen Blick auf die Bühne. Dort steht eine Frau Mitte zwanzig mit goldblonden Locken. Sie trägt kurze Stiefel, eine locker sitzende, hochgekrempelte Jeans, ein T-Shirt, das sie in die Hose gesteckt hat und jede Menge Armreifen und Halsketten. Ein brauner Hut rundet ihr Outfit ab.

Die Kleine ist außergewöhnlich gut. Für ihr Alter verfügt sie über eine bemerkenswert klare Klangfarbe und Technik. Ihre Stimme schwebt mühelos zwischen den Registern, ohne an Kraft oder Ausdruck zu verlieren. Es ist die Art von Stimme, die einen in der Seele berührt. Die Frau ist ein Ausnahmetalent.

Die Arme vor der Brust verschränkt stehe ich da und lausche, als Sophie zu mir stößt.

„Wer ist das?", frage ich. Sie folgt meinem Blick und beginnt dann auf ihrem Computer-Tablet herumzutippen.

„Emma Sterling", lautet ihre Antwort.

„Was wissen wir über sie?"

Wieder befragt Sophie ihr Tablet. „Sie ist 27 und kommt aus Brooklyn."

„Management?"

„Hat sie keines."

Meine Brauen wandern himmelwärts.

Ein Diamant wie sie, ohne Manager? Schande über dich Donald, dass du dir so ein Talent entgehen lässt.

„Ich will sie im Finale sehen", informiere ich meine Assistentin.

„Selbstverständlich."

Während Sophie sich eine Notiz macht, kommt mir eine Idee. „Außerdem will ich, dass du den Flug nach Turin cancelst."

„Und das Treffen mit Silvio Matti?"

Silvio ist der Inhaber eines der erfolgreichsten Streaming-Dienste Europas. Sein Team hat eine Markenkampagne speziell für mein Label entworfen, für das er mir ein Angebot unterbreiten will.

„Verschieb den Termin." *Ich habe Wichtigeres zu tun.*

„Ja, Sir." Sophie zückt ihr Handy und während sie die Treppe hinab geht, um meiner Anweisung Folge zu leisten, richte ich meine Aufmerksamkeit zurück auf die Künstlerin auf der Bühne.

„Emma Sterling", sage ich und lasse mir den Namen wie Zucker auf der Zunge zergehen.

„For in the canvas of the cosmos, painted with

dawn's gentle light, our souls entwined in dance, illuminate the night", singt sie die letzten Zeilen des Songs und ihre Stimme hallt warm und satt in meinem Bauch wider. Die Musik schwillt ab und für einen Moment herrscht vollkommene Stille im Konzertsaal.

Emma, die bisher die Augen geschlossen hatte, öffnet sie und nimmt die Hände vom Mikro. Sie richtet den Blick auf die Stelle in der Dunkelheit unter ihr, wo die Jury sitzt.

„Vielen Dank", vernehme ich die Stimme meiner A&R-Managerin, Sabrina West. Wie von mir verlangt, klingt die Frau vollkommen neutral. Auf meine Anweisung hin werden alle Kandidatinnen und Kandidaten gleichbehandelt. Keiner soll das Gefühl haben, besser oder gar etwas Besonderes zu sein. Ich habe die Erfahrung gemacht, dass es sich mit Künstlern, denen man nicht unter die Nase reibt, wie gut sie sind, leichter arbeiten lässt und sie bei den Vertragsverhandlungen bescheidener sind.

Emma scheint die distanzierte Art der Managerin zu verunsichern. „Ja dann ... danke", sagt sie, räuspert sich und geht von der Bühne. Kaum ist sie hinter dem Vorhang stützt sie sich mit den Händen auf die Knie und atmet zittrig aus. Ich habe das Gefühl, ihre Aufregung bis hier hin spüren zu können. Als sie sich wieder aufrichtet, fällt ihr Blick auf mich ... oder genauer gesagt auf das, was ich in der Hand halte.

„Gott, meine Kehle ist wie ausgedörrt", sagt sie und kommt zu mir. „Darf ich einen Schluck davon haben?" Ihr Finger deutet auf die Flasche VOSS in meiner Hand. Überrascht reiche ich sie ihr.

Offensichtlich hat die Kleine keine Ahnung, wer ich bin.

Emma leert die Hälfte der Flasche in einem einzigen Schluck.

„Tut das gut“, sagt sie mit einem Seufzen, während mein Blick über ihr Gesicht tastet.

Die Kleine ist nicht nur eine außergewöhnliche Sängerin, sondern auch bildschön.

Sie hat hohe Wangenknochen, kobaltblaue Augen und jede Menge Sommersprossen auf den Wangen und der Nase.

Mit dem richtigen Song und Outfit wird sie mir Millionen einbringen!

„Blödes Lampenfieber“, beschwert sie sich, schließt die Flasche und gibt sie mir zurück. „Danke“, sagt sie mit einem Lächeln, das Eisberge schmelzen lassen könnte. Dann legt sie mir eine Hand auf den Unterarm und bedenkt mich mit einem motivierenden Blick. „Viel Glück da draußen. Du schaffst das“, sagt sie, ehe sie an mir vorbei und die Treppe hinab geht.

3
EMMA

„Ich weiß nicht, Emma“, meint meine beste Freundin und Nachbarin Maddie, während sie mir ihren kleinen Sohn abnimmt. Eli ist erst wenige Wochen alt und eben in meinen Armen eingeschlafen. Vorsichtig legt sie ihn in seine Wiege und setzt sich zurück zu mir auf die Couch. „Bist du sicher, dass es kein Fehler war, einfach zu gehen? Wäre es nicht besser gewesen, du hättest die Entscheidung der Jury abgewartet?“

„Wozu? Um mir sagen zu lassen, dass es nicht gereicht hat, ich nicht gut genug bin? Nein, danke.“

„Ich kann mir einfach nicht vorstellen, dass die sich ein Talent wie dich entgehen lassen. Ich meine, das sind doch Profis.“ Maddie greift kopfschüttelnd nach ihrer Tasse Tee.

„Glaub mir, diese Leute sehen viel, aber kein Talent in mir. Du hättest die Frau aus der Jury hören sollen. Ich sag dir, desinteressierter kann man nicht klingen. Nein, ich mache mir nichts vor. Die wollen mich nicht.“

Maddie bedenkt mich mit einem traurigen Blick aus

ihren himmelblauen Augen. „Und was wirst du jetzt tun?“

Ich seufze. „Keine Ahnung. Ich bin mit drei Monatsmieten im Rückstand. Harvey sagt, er gibt mir noch vier Wochen. Wenn ich bis dahin nicht bezahlt habe, fliege ich endgültig raus.“ Ich zucke hilflos mit den Schultern.

Harvey Grump gehören die Wohnungen, in denen Maddie und ich leben. Ich würde gerne sagen, dass er ein Miethai und geldgieriger Mensch ist und ich seinetwegen in der Klemme stecke. Aber das wäre gelogen. Meine Situation habe ich niemand anderem als mir selbst zu verdanken. Harvey war in den letzten Jahren nachsichtiger mit mir als irgendwer sonst. Wenn ich bedenke, wie oft er auf sein Geld warten musste. Er hat mir immer wieder neue Fristen gesetzt, mich nicht einfach vor die Tür gesetzt. Aber irgendwann hat auch seine Geduld ein Ende.

„Du weißt, dass unser Angebot immer noch steht?“, versichert sich Maddie. Damit meint sie, dass sie und ihr Mann Liam mir finanziell unter die Arme greifen wollen. Doch das möchte ich nicht. Erstens, weil man in meinen Augen Geld und Freundschaft niemals vermischen sollte und zweitens, weil ich unmöglich sagen kann ob und bis wann ich es ihnen zurückzahlen kann.

„Das ist lieb, aber du kennst meine Antwort.“

Maddie schnalzt verärgert mit der Zunge. „Du gehst also lieber zurück zu Martha, als dir von uns helfen zu lassen?“

Wenn ich den Namen meiner Mom bloß höre, stellen sich meine Nackenhaare auf. „Du verstehst das nicht.“

„Und wie ich verstehe. Du bist ein Sturkopf,

Emma. Es ist keine Schande, sich von seinen Freunden helfen zu lassen."

„Aber sich von ihnen Geld zu leihen und es nicht zurückzuzahlen."

„Als ob du so ticken würdest. Du ..." Maddie unterbricht sich selbst und legt die Stirn in Falten. „Erwartest du jemanden?", fragt sie und sieht an mir vorbei.

Ich drehe mich um, werfe einen Blick aus ihrem Wohnzimmerfenster und sehe gegenüber, vor meiner Haustür, eine Frau stehen. „Eigentlich nicht."

Wir stehen auf und gehen zur Tür.

„Kann ich Ihnen helfen?", frage ich, woraufhin sich die Fremde zu uns umdreht. Sie hat glattes, braunes Haar, ist auffallend schlank und trägt eine Brille. Irgendwo meine ich sie schon mal gesehen zu haben.

„Emma Sterling?", fragt sie und macht einen Schritt auf mich zu.

„Das bin ich. Was kann ich für Sie tun?"

„Mein Name ist Sophie Martens, ich komme von *Channing Records*."

Mir rutscht der Magen in die Kniekehlen.

Was will sie hier?

„Sie waren nach der Audition verschwunden und haben auf dem Anmeldeformular keine Handynummer hinterlassen, unter der wir sie hätten erreichen können."

Weil es keine gibt.

„Emma wurde ihr Handy vor ein paar Tagen gestohlen", informiert Maddie die Frau.

„Verstehe. Nun, ich bin gekommen, um Ihnen die hier zu bringen." Mit diesen Worten überreicht mir Sophie ein elegantes Kuvert. Ich öffne es, hole die Karte hervor, die darin steckt und lese sie.

„Ich bin heute Abend, im *Hotel Aurelius* zu einem

Kennenlern-Dinner von *Channing Records* eingeladen?“

Maddie schnappt nach Luft. „Im *Aurelius*? Das ist eines der vornehmsten Hotels der Stadt und mit dem Fünf-Sterne-Rating des Forbes Travel Guide ausgezeichnet.“

Das muss ein Missverständnis sein. Ich suche Sophies Blick. „Das verstehe ich nicht.“

Sie rückt lächelnd ihre Brille zurecht. „Das Kennenlern-Dinner ist für die Finalisten der Audition.“

„Augenblick ... wollen Sie damit sagen, dass Emma es ins Finale der *Channing's Voice Challenge* geschafft hat?“

Nein ... oder?

„So ist es“, bestätigt die Frau, woraufhin Maddie vor Aufregung kreischt und wie ein Flummi neben mir auf und ab hüpft. Eli, den ihr Geschrei weckt, beginnt zu weinen.

„Entschuldigt“, sagt sie und geht zu ihm.

„Ich bin im Finale ...“ *Das ist kaum zu glauben.*

„Sie zählen zu den zehn besten Stimmen aus mehr als achttausend Bewerbungen. Ich gratuliere, Miss Sterling.“

„Das ist ... wow. Und wie geht es jetzt weiter?“

„Das erfahren Sie heute Abend auf dem Diner.“ Sophie macht auf dem Absatz kehrt und steuert die Treppe an.

„Danke!“, rufe ich ihr hinterher und schließe die Tür.

Als ich mich zu Maddie umdrehe, steht sie mit den Händen über den Lippen neben Elis Wiege.

„Du hast es geschafft, du hast es wirklich geschafft.“ Mit kugelrunden Augen kommt sie zu mir. „Ist dir klar, dass du so knapp …" Sie bringt Daumen und Zeigefinger dicht aneinander, „vor einer Weltkarriere stehst?"

„Quatsch. Hast du nicht gehört, was Sophie gesagt hat? Ich bin eine von zehn."

„Na und?" Sie macht eine wegwerfende Handbewegung. „Ich bin sicher, keiner der anderen kann dir das Wasser reichen."

„Wenn du dich da mal nicht irrst." Ich reibe mir über die Stirn und merke, dass ich zittrig bin. „Gott ich bin so nervös."

„Das glaube ich. Aber jetzt setz dich erst mal. Trink etwas Tee, der wird dich beruhigen."

Ich tue, was meine Freundin sagt, bekomme jedoch keinen Schluck hinunter. Stattdessen spüre ich, wie meine Nervosität von Sekunde zu Sekunde wächst.

„Du sagst, das *Aurelius* ist ein Sternehotel?"

„Das eleganteste und teuerste in ganz Manhattan."

„Na toll …"

„Warum fragst du?"

„Weil ich keine Ahnung habe, was ich anziehen soll. Das Schickste, was mein Kleiderschrank zu bieten hat, ist das blaue Kleid, das ich bei deiner Hochzeit anhatte."

„Das verblichene Ding? Nichts für ungut, aber da ist ja die Wohlfahrt besser ausgestattet."

„Autsch", sage ich und drücke mir gespielt verletzt eine Hand auf die Brust.

Als ich vor drei Jahren davongelaufen bin, habe ich nur das Nötigste mitgenommen. Woher hätte ich ahnen sollen, dass ich einmal in eine Situation wie diese gerate?

„Im Ernst Emma, in dem Fetzen kannst du da nicht hin."

„Und was, wenn ich das Kleid mit Accessoires aufpeppe oder einen Blazer darüber trage?"

Sie legt den Kopf schief und misst mich mit einem echt-jetzt?-Blick.

„Tja, sorry, aber ob es dir gefällt oder nicht, es wird gehen müssen. Du weißt, dass ich mir nichts Neues leisten kann.“ *Ich habe ja kaum genug Geld für mein Frühstück morgen.* Letzteres behalte ich für mich, weil Maddie sonst wieder losläuft und Lebensmittel für mich einkauft. Ich will nicht, dass sie das Gefühl hat, für mich sorgen zu müssen.

„Kein Problem, du ziehst einfach was von meinen Sachen an.“

„Soll das ein Scherz sein?“ Eine Braue hochgezogen zeige ich an mir hinab.

Maddie und ich sind beide um die eins siebzig groß, aber im Gegenteil zu mir verfügt meine Freundin über wenig Brüste und kaum Hintern.

„Mach dir keinen Kopf.“ Sie tätschelt ihren kleinen post-Schwangerschaftsbauch. Er ist das einzige Anzeichen, an ihrem sonst gertenschlanken Körper, dass sie vor kurzem ein Baby bekommen hat. „Ich werde ohnehin nie wieder in meine alten Klamotten passen.“ Mit einem Lächeln, das ihre Zahnlücke zeigt, legt sie ihre Hände auf meine. „Du hast lange von deinem Durchbruch geträumt. Jetzt ist es endlich so weit. Wir zwei werden dich so was von herausputzen, dass den Leuten von *Channing Records* die Kinnlade herunterfällt. Sie werden das Finale sausen lassen und die anderen Kandidaten nach Hause schicken, weil sie erkennen, dass niemand anderer als du ihr neuer Superstar bist.“

Das Feuer, das bei diesen Worten in ihren Augen tanzt, zeigt, mit welcher Leidenschaft sie mit mir mitfiebert. Ich weiß, sie ist fest von mir überzeugt und der Meinung, dass ich auf die Bühnen dieser Welt gehöre.

„Los komm!“ Maddie steht auf und zieht mich auf die Beine, „plündern wir meinen Kleiderschrank!“

Stunden später machen wir uns in ihrem Opel Corsa auf den Weg zum Hotel.

Ich habe mich für ein kurzes, weinrotes Stretch-Abendkleid entschieden das wie angegossen sitzt. Meine Locken habe ich hochgesteckt, an meinen Ohren glitzern Maddies Diamantstecker, die sie von Liam zum Hochzeitstag bekommen hat und in den Händen halte ich ihre weiße Clutch. Bis auf meine Unterwäsche und die Schuhe, ist alles geliehen. Und das auch nur, weil Maddie und ich unterschiedlich große Füße haben. Die schwarzen Pumps, die ich trage, sind eine Katastrophe. Ausgelatscht, abgewetzt und einer der Absätze wackelt. Wir haben die abgeschrammten Stellen mit einem Marker übermalt. Bleibt zu hoffen, dass die Wolken, die sich über uns am Himmel türmen, ihre Schleusen nicht öffnen.

„Da vorne ist es.“

Maddie hält auf ein mehrstöckiges Gebäude mit hohen Fenstern zu, dessen Fassade aus weißem Stein besteht. Majestätische Säulen flankieren den Eingang, auf welchen ein kunstvoll verziertes Vordach thront. Das *Aurelius* ist der Inbegriff von Eleganz und Luxus. Sein Anblick schüchtert mich ein.

„Will ich das wirklich?“, frage ich und knete meine Finger im Schoß.

„Hallo? Und wie du das willst.“ Maddie legt eine Hand auf mein Knie. „Du hast Muffensausen. Das ist verständlich.“

„Ja, weil ich nicht zu diesen schickimicki Leuten

gehöre. Ich werde da drinnen auffallen wie ein bunter Hund."

„Das wirst du nicht. Und übrigens ist es kein Fehler, wenn du dich schon mal mit dem Luxusleben der Stars vertraut machst." Sie wackelt verschwörerisch mit den Brauen und hält neben dem roten Teppich, der zum Eingang führt

Ich lächle. „Du bist überzeugt, dass ich das Ding gewinne."

„Felsenfest", bestätigt sie mit einem Leuchten in den Augen.

„Danke. Für alles." Froh, eine Freundin wie sie zu haben, umarme ich sie und werfe Eli, der in seiner Babyschale auf dem Rücksitz schläft einen liebevollen Blick zu.

Der Portier öffnet meine Tür. „Guten Abend, die Damen", begrüßt er uns und tritt – die behandschuhte Hand am Türgriff – zur Seite.

„Also dann", sage ich und schnappe mir die Clutch.

„Hals- und Beinbruch", wünscht mir Maddie, während ich aussteige, „und wenn ich dich später abholen soll, ruf an."

Auf keinen Fall! Es reicht, dass sie mich hergebracht hat. Ich wäre mit dem Bus gefahren, aber sie hat darauf bestanden, mich nicht, in einem Kleid wie diesem, abends allein durch New York streifen zu lassen.

„Bis dann", verabschiede ich mich von ihr, bedanke mich beim Portier und gehe über die breite Treppe zum Eingang. Mein Herzschlag pocht laut in meinen Ohren, als mir die deckenhohe Eingangstür aufgehalten wird und ich das Foyer betrete. Vor mir erstreckt sich ein Kaleidoskop aus Marmor, funkelnden Kronleuchtern und kunstvollen Arrangements frischer Blumen, die den Raum mit einem zarten Duft erfüllen. Zu meiner Rechten unterhält sich eine Gruppe Geschäftsleute, die in tiefen Ledersesseln zusammensitzen. Zu meiner Linken lässt sich eine Dame im Kaschmirmantel gerade einen Drink bringen.

Ich durchquere das Foyer und halte auf die opulente Rezeption aus schwarzem Marmor zu. Dort steht ein dunkelhaariger Mann, in einem teuer aussehenden Anzug und unterhält sich mit einer der beiden Damen, die hinter dem Empfang stehen.

„Willkommen im *Hotel Aurelius*. Was kann ich für Sie tun?", empfängt mich die andere.

„Emma Sterling", stelle ich mich vor. „Ich bin wegen dem *Channing Records*-Dinner hier."

„Augenblick, ich gebe Bescheid", sagt sie und greift zum Telefon.

„Ist das alles?", erkundigt sich der Mann neben mir und nimmt einige Unterlagen an sich. Ich schaue ihn an und erkenne ihn auf Anhieb wieder. Es ist der Kerl, der mir nach meinem Aufritt bei der Audition etwas von seinem Wasser abgegeben hat.

„Hey, wie cool ist das denn?", sage ich und wende mich ihm zu. „Du hast es also auch geschafft? Herzlichen Glückwunsch!"

Mit gekräuselter Stirn sieht er von seinen Unterlagen auf. Ein knisternder Stromschlag durchfährt mich, als sich unsere Blicke treffen. Der Kerl ist attraktiv. Mit seiner Größe – ich schätze ihn auf einen Meter neunzig –, den breiten Schultern, dem vollen Haar und den maskulinen Gesichtszügen könnte er einem Hochglanzmagazin entsprungen sein.

Kein Wunder, dass ihn das Label will. Einem Kerl wie ihm werden die Ladies in Scharen zu Füßen liegen.

„Schick siehst du aus", sage ich und lasse meinen

Blick an seinem Dreiteiler hinabwandern. „Ist das ein Maßanzug?“

Bevor er dazukommt, etwas zu erwidern, tritt Sophie von hinten an mich heran.

„Miss Sterling?“

„Ja?“

„Wenn Sie mir bitte folgen würden?“

„Natürlich.“ Ich wende mich an den Dunkelhaarigen. „Dann bis gleich“, sage ich, beiße mir aufgeregt auf die Lippe und folge Sophie über die Treppe in den ersten Stock.

Als ich den Saal betrete, in dem das Kennen-lern-Dinner stattfindet, fällt mein Blick sofort auf den runden, elegant gedeckten Tisch in der Mitte des Raums. Knapp ein Dutzend Leute stehen etwas abseits, vor der Fensterfront zusammen. Die anderen Finalisten, wie ich vermute. Ich zähle fünf Männer und vier Frauen. Sie sind alle nobel gekleidet und zwischen Anfang und Ende zwanzig. Ihre Mienen wirken teils angespannt, teils voller Erwartungen.

„Da ist sie ja!“, ruft ein Kerl mit französischem Akzent, wasserblauen Augen und aus der Stirn gegeltem Haar, als sein Blick auf mich fällt.

„Wie bitte? Die da soll die Nummer zehn sein?“ Eine Hand in die Seite gelegt, die Lippen geschürzt, löst sich eine Rothaarige aus der Gruppe. Sie trägt ein goldenes Paillettenkleid, das unanständig kurz ist. Ihre Augen sind dunkel geschminkt. Ich brauche einen Moment, um zu begreifen, dass es die Zicke ist, mit der ich heute in der Garderobe zusammengestoßen bin.

„Auch schön dich zu sehen, Shannon“, sage ich woraufhin sie die Arme vor der Brust verschränkt.

„Da wir nun vollzählig sind, darf ich Sie bitten, Platz zu nehmen“, sagt Sophie und deutet auf den mit glänzendem Besteck, Kristallgläsern und Blumenarrangements gedeckten Tisch.

Mit einem Mal wird mir die Bedeutung dieses Abends überdeutlich klar. Ich stehe an einem Wendepunkt, habe die Chance meines Lebens meinen Traum zu verwirklichen.

Während die anderen Kandidaten sich um den Tisch drängen, tritt eine zierliche junge Frau mit rabenschwarzem Haar an meine Seite.

„Lass dich nicht von Shannon verunsichern. Sie hat nur Angst, dass du sie ausstechen könntest.“

„Du kennst sie?“

„Wir haben dasselbe Management“, erklärt sie achselzuckend. „Ich bin übrigens C.J.“

„Emma“, erwidere ich.

„Freut mich.“

Wir lächeln einander an und setzen uns zu den anderen Kandidaten an den Tisch. Die scheinen genauso aufgeregt zu sein wie ich, denn sie reden laut durcheinander.

„Ich darf Sie kurz unterbrechen!“, macht sich Sophie, die mir gegenüber, vor vier leeren Stühlen steht, bemerkbar. Die Stimmen am Tisch verstummen und sämtliche Blicke richten sich auf die Frau mit Brille. „Sie haben das Vergnügen, heute nicht nur mit unserer hochgeschätzten Jury, sondern auch dem Inhaber von *Channing Records*, Alexander Channing zu dinieren.“

Ein Raunen geht durch die Runde, gefolgt von einem spontanen Applaus.

„Wenn ich das gewusst hätte“, keucht die Blondine neben mir, kramt gestresst einen Spiegel aus ihrer Tasche und prüft ihr Make-up. Die Finalistin neben ihr checkt ihr Aussehen in einem der Löffel, während Shannon ihre Brüste zurechtrückt.

„Was haben die bloß alle?“, frage ich C.J., die ihren Hosenanzug gerade streicht.

„Na was wohl? Sie sind scharf auf den begehrtesten Junggesellen der Musikindustrie.“

„So?“

„Alexander Channing ist sechsunddreißig, heiß, unverschämt reich und er soll ein Ass im Bett sein“, raunt sie mit verschwörerisch gesenkter Stimme. „Er hat den Ruf, reihenweise Frauen flachzulegen und sie dann eiskalt abzuservieren. Aber ich wette, dass jede hier weiß Gott was für eine Nacht mit ihm geben würde.“

„Die Wette verlierst du“, sage ich trocken, denn mit solchen Dingen imponiert man mir nicht. Geld und ein gutes Aussehen sind nicht alles auf der Welt.

„Darf ich vorstellen? Sabrina West, A&R-Managerin von *Channing Records*“, erfüllt Sophies Stimme den Raum, woraufhin eine Frau Anfang vierzig, im Designerkostüm, hochgesteckten, blonden Haaren und einer strengen Lehrerinnenmiene hereinkommt und vor einem der Stühle stehen bleibt. Wir Kandidaten applaudieren.

„Vocal Coach, Dominic Right ...”

Ein dunkelhäutiger Mann im Anzug, mit kurzgeschorenen Haaren und gutmütigen Augen, betritt den Raum, woraufhin wir wieder klatschen.

„Musikproduzent, Cedric Hard ...“

Ein hochgewachsener, blonder Mann im Maßanzug betritt den Raum. Er ist attraktiv, doch auch wenn sie applaudieren, hat keine der Frauen Augen für ihn. Sie warten auf den *einen*, den Mann des Abends.

Kopfschüttelnd greife ich nach dem Glas Wasser, das vor mir steht.

„Bitte begrüßen Sie nun mit mir Alexander Channing!“

Gerade will ich einen Schluck trinken, als der Typ zu uns stößt, den ich heute hinter der Bühne und eben an der Rezeption getroffen habe.

O. Mein. Gott.

Mir klappt der Mund auf.

Er ist kein Finalist, sondern der Inhaber von Channing Records*?!*

Das Glas rutscht mir aus der Hand, fällt in meinen Schoß und spritzt nicht nur mich, sondern auch C.J. und die Blondine neben mir nass. Die beiden weichen erschrocken zurück, während ich wie angewurzelt dasitze, Alexander Channing anstarre und mir das Wasser die Beine hinabläuft.

4
ALEXANDER

Na bitte, der Groschen ist gefallen.

Der Hauch eines Lächelns umspielt meine Mundwinkel, während Emma nach der Serviette greift und ihren Schoß trocknet.

„Gratuliere, ihr zehn habt es unter die Finalisten geschafft", sage ich und schaue die Kandidaten der Reihe nach an. „Ihr seid die Besten der Besten." Ich lasse meine Worte einen Moment im Raum stehen, ehe ich weiterspreche. „Doch bildet euch nicht zu viel darauf ein. Ich verlange absolute Professionalität. In meinem Unternehmen ist kein Platz für Mittelmäßigkeit. Ihr denkt, ihr habt das Zeug zu einem Weltstar? Beweist es!"

„Heute in vier Wochen werdet ihr in der *Channing's Voice Challenge*, dem großen Finale, antreten", übernimmt Sabrina, während uns Champagner gebracht wird. „Bis dahin habt ihr Zeit, an euren Performances zu arbeiten. Solltet ihr Hilfe brauchen, steht euch unser Vocal Coach Dominic mit Rat und Tat zur Seite." Sie schaut mich an, woraufhin ich erneut das Wort an die Kandidaten richte. Oder genauer gesagt an Emma.

„Ich freue mich, mehr über euch zu erfahren“, sage ich und sehe ihr dabei geradewegs in die Augen. Sie blinzelt gestresst, sieht aber nicht weg. Ich erhebe mein Glas. „Auf einen schönen Abend.“

„Auf einen schönen Abend“, kommt es im Chor zurück, woraufhin mein Team und ich uns setzen und wie auf ein imaginäres Zeichen hin eine Schar Kellner aufläuft, um uns den ersten Gang zu servieren.

In den kommenden zwei Stunden inspiziere ich die Finalisten der Reihe nach. Rein optisch haben in meinen Augen nur vier das Zeug zum Superstar. Bei den Männern sind es Pierrick Dupon – der ein Zwillingsbruder des Schauspielers Travis Fimmel sein könnte – und Lucien Frost, ein eins achtzig großer, gut gebauter Kerl Ende zwanzig mit tintenschwarzem Haar. Bei den Frauen sind es Shannon Brooks, eine Amazone mit langem, feuerrotem Haar und giftgrünen Augen; und dann ist da natürlich Emma. Obwohl, oder vielleicht gerade, weil sie die Zurückhaltendste am Tisch ist, ist sie die Interessanteste.

„… jedenfalls ist Toris neuer Song ein Hitgarant. Ich wette, das Album dazu wird durch die Decke gehen“, schleimt sich Lucien bei mir ein.

„Dem kann ich nur zustimmen. Allein der Text von U4me. Der geht einem so was von unter die Haut“, schwärmt Shannon wimpernklimpernd. Schon den ganzen Abend über versucht sie mir mit Blicken zu verstehen zu geben, was mir bereits seit der ersten Minute klar ist. Nämlich, dass ich von ihr haben kann, was ich will. Ich bräuchte nur mit den Fingern zu schnippen und sie würde auf den Tisch steigen und vor versammelter Menge für mich strippen. Sie ist die Art von Frau, die sich für Geld und Erfolg für nichts zu schade ist.

„Was ist mit dir?", wende ich mich an Emma, die unserem Gespräch schweigend lauscht. „Kennst du U4me?"

„Ja."

„Und wie gefällt dir der Song?"

Für den Bruchteil einer Sekunde verzieht sie die Lippen, ehe sie lächelt. „Er ist gut."

Sie lügt. „Was gefällt dir nicht daran?"

„Als ob es was an dem Lied auszusetzen gäbe." Lucien schüttelt den Kopf.

„Es ist der Text", kommt es überraschend offen von Emma.

Ich neige den Kopf zur Seite. „Interessant."

„Ist dir klar, dass Mr. Channing höchstpersönlich den Text für U4me geschrieben hat?", fragt Shannon und ihr fassungsloser Ton lässt sowohl die Jury als auch die anderen Kandidaten ihre Gespräche unterbrechen. Ihre Blicke richten sich auf Emma, die unbehaglich mit einer Schulter rollt.

„Was stört dich am Text?", will ich wissen.

Sie zögert, ehe sie mit ihrer Meinung herausrückt.

„Tori singt von der großen Liebe, dass sie verrückt nach diesem Kerl von nebenan ist. Doch statt ihre Emotionen auszudrücken, schwärmt sie nur von seinem Erfolg, seinem Vermögen und davon, wie heiß der Sex mit ihm ist."

„Was ist falsch an heißem Sex?", frage ich mit einem halben Grinsen.

„Ja genau? Wo ist das Problem? Frauen stehen auf reiche Männer, die gut im Bett sind." Shannon wirft mir einen eindeutigen Blick zu, den ich ignoriere. Meine Aufmerksamkeit gilt einzig und allein Emma.

„Mir ist das alles zu oberflächlich. Wahre Liebe hat in meinen Augen nichts mit Geld oder Macht zu tun", erklärt sie und presst dann die Lippen zusammen, als würde sie es sich verkneifen, mehr zu sagen.

„Und weiter?“, sage ich ruhig. Emma schweigt, sieht mich jedoch tough aus ihren dunkelblauen Augen an. „Raus damit“, dränge ich.

„Schön.“ Sie reckt das Kinn. „Wenn Sie es wissen wollen. Der Text lässt vermuten, dass sein Verfasser keine Ahnung von der wahren Liebe hat.“

Die kleine Dunkelhaarige neben ihr schnappt nach Luft, während einige andere fassungslos raunen.

Den Blick fest auf Emma gerichtet, lehne ich mich in meinem Stuhl zurück und lege die Fingerspitzen aneinander. „Es gibt wenige Menschen, die es wagen, so unverblümt mit mir zu sprechen“, sage ich woraufhin sich eine angespannte Stille im Raum ausbreitet. Es ist, als würden die anderen den Atem anhalten. Emma schluckt. Ich wette, sie rechnet damit, dass ich sie rausschmeiße. Und ehrlich? Hätte sich einer der anderen Finalisten dieses Urteil erlaubt, säße er bereits vor der Tür. Aber bei ihr ist es anders ... Aus einem mir unerklärlichen Grund finde ich ihre Direktheit erfrischend.

„Ich schätze es, dass du deine Meinung ehrlich mit uns teilst. Es ist interessant zu hören, wie unterschiedlich manche Songs interpretiert werden“, sage ich und weil noch immer die Luft vor Anspannung steht, hebe ich mein Glas in Emmas Richtung. „Die Welt gehört den Mutigen. Auf Miss Sterling.“

„Auf Miss Sterling“, echoen die anderen und heben ihre Gläser.

Ich trinke einen Schluck und wie ich Emma dabei über den Rand meiner Sektflöte hinweg ansehe, bemerke ich, wie die Anspannung aus ihren Schultern weicht und sie zittrig ausatmet.

Wir sitzen noch eine Weile zusammen, ehe wir in

die Hotelbar gehen. Dort teilt sich die Gruppe auf. Während es sich die Damen mit mir an einem der Tische gemütlich machen, leisten die männlichen Kandidaten der Jury an der Bar Gesellschaft.

„Ich kann es immer noch nicht glauben, dass ich es unter die zehn besten geschafft habe", meint die kleine Dunkelhaarige – ich meine ihr Name ist C.J..

„Also für mich war es keine Überraschung. Ich habe mich gründlich auf die Audition vorbereitet", gibt Shannon ihren Senf dazu und während die Ladies sich über das Vorsingen austauschen, mustere ich Emma. Das Kleid, das sie trägt, steht ihr. Es schmiegt sich wie eine zweite Haut um ihren kurvigen Körper und von dem Wasserfleck in ihrem Schoß ist kaum noch was zu sehen. Mein Blick wandert an ihren Beinen hinab und bleibt an den Pumps hängen. Schäbige Dinger. Die Absätze sind abgewetzt und die Spitzen zerschrammt, sodass das graue Innenmaterial durch die abgeblätterte Oberfläche blickt.

Warum um alles in der Welt zieht sie solche Schuhe für ein Dinner wie dieses an?

Erneut wandert mein Blick über die Blondine.

Vom Kleid über die Ohrringe bis hin zum Make-up ist alles perfekt, nur die Schuhe ...

„Sir?" Sophie tritt von hinten an mich heran. „Haben Sie einen Moment?"

„Natürlich. Wenn Sie mich entschuldigen?", sage ich zu den Damen und entferne mich mit meiner Assistentin einige Schritte weit. „Was gibt's?"

„Mr. Matti bietet an, ihren Termin auf morgen Nachmittag zu verschieben. Möchten Sie, dass ich zusage?"

Natürlich will er das. Aktuell sind vier meiner Künstler auf Europatournee. Matti ist ein Geschäfts-

mann. Er hofft auf einen Exklusivvertrag mit mir. Der würde ihm Millionen einbringen.

„Nein. Wir melden uns, wenn ich Zeit habe."

„Jawohl." Schon will sie sich abwenden und gehen, als ich sie zurückhalte.

„Augenblick noch."

„Sir?"

„Wissen wir inzwischen genaueres über Emma Sterling?"

Nach ihrem Auftritt heute, habe ich Sophie beauftragt Nachforschungen anzustellen.

„Ja." Sie hebt ihr Tablet und tippt darauf herum. „Emma Louise Sterling ist in Staunton, Virginia geboren und aufgewachsen. Sie kam vor drei Jahren mit ihrer damaligen Band, den *Broken Strings* nach New York."

„Die Band hat sich aufgelöst? Wann?"

„Ziemlich genau ein Jahr später."

„Warum?"

„Tut mir leid, Sir, das konnte ich nicht in Erfahrung bringen."

„Wovon lebt sie?"

„Emma hält sich mit Auftritten auf Hochzeiten, Taufen und Geburtstagen über Wasser. Hin und wieder tritt sie auch als Straßenkünstlerin auf."

„Als Straßenkünstlerin?", wiederhole ich ungläubig. *Weiß sie nicht, wie gefährlich das ist? Erst neulich wurde eine junge Frau brutal überfallen und ausgeraubt.*

Mein Blick fällt auf Emma, die als Einzige am Tisch nicht zu mir herüber linst.

„Was wissen wir noch?"

„Sie hat rund Fünftausend Follower auf Insta und TikTok, wo sie nur hin und wieder etwas postet. Sie wohnt in der Fulton Street, Brooklyn, hat weder ein Handy noch ein Auto."

„Sie hat kein Handy, warum?"

„Ihre Freundin meinte, es wurde ihr vor einigen Tagen gestohlen."

Verstehe.

Mein Blick sinkt auf Emmas übereinandergeschlagene Beine und die ramponierten Pumps.

Die Kleine hat finanzielle Probleme. Das erklärt, warum sie sich als Straßenmusikerin durchschlägt.

„Wissen wir inzwischen, warum sie kein Management hat?"

„Es gab wohl einige Angebote. Aber Miss Sterling zieht es vor, unabhängig zu sein."

Wieso überrascht mich das nicht? „Sonst noch was?", erkundige ich mich bei Sophie.

„Nein, Sir, das ist alles."

„Danke." Ich bedeute ihr gehen zu dürfen, während mein Blick unverändert auf Emma ruht.

Warum bist du hier, wenn du unabhängig sein willst?, frage ich sie im Geiste. *Geht es dir um das Preisgeld? Hast du es darauf abgesehen?*

Als hätte sie meine Gedanken gehört, wirft sie mir einen Blick zu. Ich sehe ihr geradewegs in die Augen, woraufhin sie mir ein unschuldiges Lächeln schenkt.

Bist du wirklich die Frau, die du vorgibst zu sein? Für die Liebe mehr als heißer Sex und ein finanzieller Vorteil bedeutet?

„Das werden wir gleich sehen", sage ich zu mir selbst, gehe zurück zum Tisch und hole die Schlüsselkarte für mein Zimmer aus meinem Jackett. Den Blick auf Emma gesenkt lege ich die Karte in die Mitte des Tisches. Die Geste ist unmissverständlich. Dann richte ich mich auf und verlasse die Bar.

5
EMMA

Mit offenem Mund sehe ich Mr. Channing hinterher, der sein Handy zückt und die Bar verlässt. Die Glastür ist noch nicht hinter ihm zugefallen, da quieken die Frauen am Tisch vor Begeisterung.

„Ich glaub's nicht", meint Donna – die Blondine, die während des Diners neben mir gesessen hat – und krallt sich die Schlüsselkarte.

„Hey, was soll das? Die ist für mich!" Grob reißt Shannon ihr das Ding aus den Händen.

„Träum weiter, er hat sie für mich hingelegt!", faucht Donna und versucht ihr die Karte wegzunehmen.

„Ihr liegt beide falsch. Die Einladung galt ganz klar Emma", sagt C.J.. „Habt ihr nicht bemerkt, wie er sie angesehen hat?"

„Hat er nicht!", zischt Shannon.

Doch hat er. Ich habe keine Ahnung warum, aber Alexander Channing hat mich und keine andere angesehen, als er die Karte auf den Tisch gelegt hat.

„Verdammt noch mal, jetzt rück das Ding endlich raus!", faucht Shannon.

Ich fasse es nicht, als Donna und sie zu rangeln beginnen und sehe mich verlegen um. Wenn die zwei so weiter machen, wird man uns rausschmeißen.

„Ladies, Ladies, Ladies!“, mischt sich Emilija, die fünfte Finalistin am Tisch ein. Sie stammt aus Litauen, ist zwei Meter groß und hat Schultern wie ein Mann. „Wir sollten uns zivilisiert verhalten“, tadelt sie die beiden. „Dieses Angebot gilt eindeutig für uns alle. Ich bin sicher“, sagt sie in gebrochenem Englisch. „Dass genug Alexander Channing für jede von uns da ist.“ Mit diesen Worten zeigt sie ein listiges Lächeln und nimmt die Karte an sich.

Als sie aufsteht, tun Shannon und Donna es ihr gleich.

„Wartet! Ihr wollt doch nicht wirklich ...“ Ich bringe den Satz nicht zu Ende.

„Mit dem mächtigsten Musikproduzenten der Welt schlafen?“ Shannon grinst verschlagen. „Und wie wir das wollen.“

„Eine Gelegenheit wie diese bekommt man nur einmal im Leben“, erklärt Donna und während die drei in Richtung Fahrstuhl stöckeln bleibe ich fassungslos mit C.J. zurück.

„Wow ... das ist ...“ Mir fehlen die Worte. *Wie billig kann man bitte sein? Denken die drei allen Ernstes, dass sie damit was erreichen? Dass Mr. Channing sie hinterher auf ein Podest hebt oder bevorzugt behandelt?* „Sie machen einen Fehler“, überlege ich laut.

„Ja, aber einen verflucht heißen Fehler.“

Ich schaue C.J. an, deren Blick auf die Tür gerichtet ist. Sie nagt unschlüssig an ihrer Unterlippe.

„Du wirst doch nicht ...“

Schon steht sie auf.

„C.J.!“, sage ich fassungslos.

„Tut mir leid Emma, aber Donna hat recht, eine Chance wie diese bekommt man nur einmal im Leben." Damit läuft sie den anderen hinterher und ich bleibe allein zurück.

„Na schön, mir reichts." Ich habe genug gesehen, schnappe mir meine Clutch und verlasse die Bar.

Mein wackeliger Absatz, klingt seltsam hohl, als ich den Hotelflur hinabgehe. Ein Geräusch, das in meinen Ohren wie Hohn klingt.

Was habe ich mir nur dabei gedacht, herzukommen? Ich gehöre hier nicht hin. „Reine Zeitverschwendung", knurre ich, als ein hässliches Knacken durch den Flur hallt und mein Absatz bricht. Um ein Haar lege ich mich auf die Nase, kann mich gerade noch abfangen.

„So eine Scheiße", fluche ich und möchte schreien vor Zorn. Jetzt ruiniere ich mir auch noch mein einziges Paar hoher Schuhe.

„Kann ich helfen?", erklingt hinter mir eine tiefe Stimme, die wie ein warmer Schauer über mein Rückgrat rieselt.

Ich drehe mich um und sehe mich Mr. Channing gegenüber. Die Hände in den Hosentaschen vergraben, auf dem Gesicht den Hauch eines Lächelns, steht er da und sieht aus seinen stahlgrauen Augen auf mich herab.

Ich unterdrücke den Impuls leer zu schlucken. Dieser Mann ist der Inbegriff von Macht und Dominanz. Er schüchtert mich ein.

„Darf ich?" In einer geschmeidigen Bewegung sinkt er vor mir auf ein Knie und umfängt meinen Knöchel. Mir stockt der Atem, als er mir mit seinen großen, männlichen Händen den kaputten Schuh auszieht.

O Gott.

Ich möchte im Boden versinken vor Scham, als er

sich aufrichtet und mir den Pump samt abgebrochenem Absatz reicht.

„Danke“, sage ich und stelle mit Entsetzen fest, dass das Wasser, was ich verschüttet habe, den Marker von der abgewetzten Stelle gewaschen hat. Selbst Landstreicher haben bessere Schuhe als ich.

„Was machen Sie hier?“, frage ich und unterdrücke den Wunsch, den Schuh, hinter meinem Rücken vor seinem Blick zu verbergen. „Sollten Sie nicht auf Ihrem Zimmer sein?“

Ein unwiderstehlich schiefes Lächeln hebt einen seiner Mundwinkel. „Dasselbe könnte ich dich fragen.“ Langsam und wie ein Raubtier, das seine Beute begutachtet, geht er um mich herum. Ich spüre seinen Blick über meinen Körper wandern. „Wo willst du hin?“, fragt er und seine Stimme ist ein einziges verführerisches Raunen.

„Nach Hause.“

„Jetzt schon?“ Er kommt vor mir zum Stehen und verschränkt die Arme vor der Brust. „Ich fürchte, das kann ich nicht erlauben.“

„Wie bitte?“

„Nicht, bevor du nicht noch einen Drink mit mir genommen hast.“

„Ich verzichte, danke. Außerdem will ich Sie nicht aufhalten. Soweit ich weiß, werden Sie erwartet.“

Wieder zeigt er sein schiefes Grinsen, diesmal liegt etwas Wölfisches darin. „Keine Sorge, Cedric kümmert sich um die Damen.“

Der Musikproduzent? Da wird Shannon aber enttäuscht sein.

„Und was den Drink anbelangt, das war keine Frage.“ Er macht eine Geste in Richtung Foyer.

Geht's noch?!

Ich öffne den Mund, möchte ihm sagen, dass er nicht entscheidet, was ich zu tun habe und er sich seinen Drink sonst wo hinstecken kann.

„Ja?“, fragt er mit gefährlich ruhiger Stimme, sodass ich den Mund wieder schließe. Channing ist kein Mann, dem man einen Wunsch abschlägt. Menschen wie er sind es gewohnt zu bekommen, was sie wollen. Wenn ich also meinen Platz unter den Finalisten behalten will, ist es besser, ich beuge mich. Darum schlüpfe ich aus meinem zweiten Schuh und begleite ihn barfuß ins Foyer. Inzwischen ist es kurz vor Mitternacht, weshalb wir allein in der großen Halle sind. Channing bietet mir einen Platz in einem der Ledersessel an, in denen bei meiner Ankunft die Geschäftsleute saßen. Dann sucht er den Blick des herannahenden Kellners und hebt zwei Finger. Der Mann versteht, schwirrt davon und Channing wendet sich mir zu.

„Ich muss sagen, ich bin überrascht, dass du mein Angebot ausgeschlagen hast“, sagt er, lehnt sich zurück und schlägt ein Bein über das andere. In seinen Augen liegt ein herausfordernder Glanz. „Ich dachte, du hättest mehr Feuer, wärst mutiger. Die meisten anderen würden sich eine Chance wie diese nicht entgehen lassen. Aber du?“ Kopfschüttelnd mustert er mich von oben bis unten.

„Das hat nichts mit Mut, sondern mit Selbstachtung zu tun“, erwidere ich.

„Ist das so?“ Ein Lächeln kräuselt seine Mundwinkel. „Nun, ich muss gestehen, du gefällst mir, Emma. Du bist erfrischend anders.“

Und Sie sind ein herrischer Mistkerl, liegt es mir auf der Zunge.

„Du steckst in finanziellen Schwierigkeiten“, wechselt er unerwartet das Thema.

Hitze schießt mir ins Gesicht. „Ich ... wie kommen Sie darauf?“

Er zeigt auf die Schuhe in meinem Schoß. „Du gehst in diesen Dingern auf ein Dinner.“

Verlegen stelle ich die Pumps hinter meinen Sessel.

„Außerdem besitzt du weder ein Handy noch ein Auto.“

„Woher wissen Sie das?“

„Lassen wir diesen förmlichen Quatsch. Nenn mich Alexander.“

Bitte, wie er will. „Woher weißt du das?“

„Weil ich mich über Menschen, die ich in Betracht ziehe unter Vertrag zu nehmen, informiere.“ Er scheint mir meine Bestürzung anzusehen, denn er fügt in einem ich-bitte-dich-was-dachtest-du-denn?-Ton hinzu: „Ich wäre ein schlechter Geschäftsmann, würde ich es nicht tun.“

Zum zweiten Mal in weniger als einer halben Stunde denke ich im Stillen, dass ich hier falsch bin. Ich gehöre nicht unter Leute wie Alexander, will nichts mit jemandem zu tun haben, für den es selbstverständlich ist, andere ausspionieren zu lassen.

Gerade will ich aufstehen und gehen, als der Kellner mit unseren Getränken kommt. Er stellt zwei Old Fashioned Gläser mit einer bernsteinfarbenen Flüssigkeit darin – Whiskey, wie ich vermute – auf den Beistelltisch neben Alexander. Als er sich entfernt, nimmt Channing die Gläser an sich und reicht mir eines davon.

„Nein, danke. Ich sollte gehen“, sage ich und stehe auf.

„Das würde ich an deiner Stelle nicht tun“,

entgegnet er, stellt eines der Gläser beiseite und lehnt sich in seinem Sessel zurück.

„Warum? Weil du mich rausschmeißt, wenn ich mich deinem Willen widersetze?"

Er schnalzt mit der Zunge. „So schätzt du mich ein?"

„Irre ich mich denn?"

Die grauen Augen auf mich gerichtet, nippt er an seinem Glas, ehe er weiterspricht. „Ich hatte gehofft, mich ein paar Minuten lang in Ruhe mit meiner Favoritin unterhalten zu können."

Seiner Favoritin? Meint er das ernst?

Alexander scheint mir meine Gedanken anzusehen, denn er deutet mit einem tausend Watt Lächeln auf meinen Sessel. Ich zögere, setze mich jedoch wieder zu ihm.

„Ich habe mir deinen Auftritt heute angesehen", sagt er, beugt sich vor und reicht mir mein Glas. „Deine Stimme ist außergewöhnlich. Wo hast du so singen gelernt?"

„Nirgendwo. Mein Großvater hat mir Gitarre spielen beigebracht. Aber Gesangsunterricht hatte ich keinen."

Er hebt die Brauen. „Ein Naturtalent also."

Zugegeben, ein Kompliment wie dieses, von einem Mann wie ihm geht runter wie Öl.

„Du kommst ursprünglich aus Virginia. Was hat dich nach New York verschlagen?"

„Meine Träume", antworte ich ehrlich. „Ich bin vor ein paar Jahren mit meiner Band, den *Broken Strings*, hergezogen."

„Warum hat sich deine Band aufgelöst?"

„Du weißt davon?" *Offensichtlich ist er besser informiert als ich ahne.*

Ein Seufzen unterdrückend nehme ich einen Schluck von meinem Whiskey. Das Zeug brennt wie Feuer in meiner Kehle. Hustend stelle ich das Glas zurück auf den Tisch.

„Wir sind hergezogen, weil wir auf den großen Durchbruch hofften, doch stattdessen bekamen wir uns in die Haare. Vor allem Rex und ich."

„Rex?"

„Mein damaliger Freund und Drummer der Band", erkläre ich. „Wir hatten uns eine Einzimmerwohnung genommen."

„Der Falte zwischen deinen Brauen nach war das keine gute Idee." Alexander deutet auf meine Stirn.

„War es auch nicht." In meiner Erinnerung sehe ich Rex und mich streitend vor unserer Klappcouch. „Wir hatten uns das Leben in der Großstadt einfacher vorgestellt, waren überzeugt, jede Menge Gigs an Land zu ziehen. Doch stattdessen hagelte es Absagen. Wir waren No-Names, die keiner wollte."

Mit dieser Tatsache hatte insbesondere Rex zu kämpfen. Dass wir die Abende zu Hause, statt auf der Bühne verbrachten, setzte ihm zu. Ich weiß noch, dass wir uns fast täglich stritten.

„Als wir dann endlich das erste Mal gebucht wurden, drehte Rex erst recht am Rad, weil wir in einem Altenheim auftreten sollten. Wie sich herausstellte, hatten wir vollkommen unterschiedliche Ziele."

„Die da wären?"

„Rex wollte groß rauskommen und bei einem Label wie Ihrem ... ich meine bei einem Label wie deinem unter Vertrag genommen werden. Er hatte keine Lust auf kleine Gigs, war sich zu schade, in Altenheimen und dergleichen aufzutreten."

„Und du?"

Ich lächle. „Mir ging es immer nur um die Musik. Ich brauche keinen Plattenvertrag, um glücklich zu sein. Solange ich meine Gitarre habe und singen darf, ist mir egal, wo ich auftrete."

„Wenn du nicht scharf auf einen Plattenvertrag bist, warum hast du dann an der Audition teilgenommen?"

Vorsicht Emma, das ist eine Fangfrage. Wenn du zugibst, dass es dir in erster Linie um die Einhunderttausend Dollar Preisgeld geht, könnte er das in den falschen Hals bekommen.

Es ist nicht so, dass ich Nein zu einem Plattenvertrag sagen würde. Wer würde das schon? So etwas ist wie ein Lottogewinn. Aber mir geht es in erster Linie ums Geld. Mit den Hunderttausend könnte ich meine Schulden bei Harvey begleichen und müsste mir keine Sorgen mehr wegen der Miete machen.

„Weil es eine einmalige Chance ist", beantworte ich seine Frage. „Ich habe mich nie mit Wettbewerben wie diesem auseinandergesetzt, weil mir ein Gewinn surreal erschien. Ich meine, da draußen laufen tausende begnadete Sängerinnen und Sänger herum, die alles daransetzen, entdeckt zu werden. Warum sollte ausgerechnet ich dieses Glück haben?"

„Weil du etwas Besonderes bist?" Seine Worte sind als Frage formuliert, klingen jedoch wie eine Feststellung.

Etwas Besonderes?

Alexander nippt erneut an seinem Drink und wie er mir dabei über den Rand des Glases hinweg in die Augen schaut, erkenne ich es.

Er meint ernst, was er sagt. Er sieht ein Talent in mir.

Mein Herz flirrt vor Aufregung.

„Mr. Channing, da sind Sie ja!" Lucien Frost, einer

der Finalisten kommt durch die Lobby auf uns zu. „Ich habe schon befürchtet, Sie wären gegangen."

„Was ist?", erkundigt sich Alexander mit kühler Stimme. Seine Tonlage lässt keinen Zweifel daran, dass er nicht gestört werden will. Doch Lucien bemerkt es nicht.

„Mrs. West meinte, Sie würden entscheiden, welchen Song wir im Finale singen?", sagt er, zieht einen Sessel heran und setzt sich zu uns.

„Und?"

„Darf ich fragen, was Sie sich bei mir vorgestellt haben und bis wann ich den Text bekomme? Wissen Sie, ich bin gerne gut vorbereitet."

Ich höre Schritte und drehe den Kopf. Na toll, Pierrick und die anderen männlichen Kandidaten kommen auf uns zu. Als sie sich wie Lucien je einen Sessel schnappen, um sich zu uns zu setzen, stehe ich auf.

Sofort springt Alexanders Blick auf mich.

„Es ist spät, ich muss nach Hause. Danke für den schönen Abend."

„Nein, warte!", versucht er mich zurückzuhalten, doch da bedrängen ihn die Jungs bereits mit weiteren Fragen. Also schnappe ich mir meine Clutch und die Schuhe und verlasse das Hotel.

Barfuß gehe ich über den roten Teppich vor dem Gebäude und den Bürgersteig hinab.

Was für ein Abend. Viel schlimmer hätte ich mich nicht blamieren können. Erst die Sache mit der Verwechslung, dann lasse ich das Wasserglas fallen und als wäre das alles nicht peinlich genug muss mir ausgerechnet Alexander aus meinem Pump der Schande helfen.

Ich werfe die Schuhe in den Mülleimer, an dem ich wenig später vorbeikomme.

Maddie wird ihren Ohren nicht trauen, wenn ich ihr

erzähle, was passiert ist, überlege ich kopfschüttelnd, als neben mir auf der Straße ein dunkler Wagen auftaucht. Mein Herz setzt einen Schlag aus, als die hintere, getönte Scheibe heruntergelassen wird und ich in Alexanders stahlgraue Augen blicke.

„Einsteigen“, befiehlt er und eine Sekunde später springt die Tür auf.

„Wie bitte?“

„Du sollst einsteigen.“ Sein Tonfall erlaubt keine Widerworte. Mehr aus einem Reflex als einer Entscheidung heraus, komme ich seiner Aufforderung nach. Mit hämmerndem Puls sinke ich auf die Rückbank, wo mir der aufregende Geruch seines Aftershaves in die Nase steigt. Es riecht nach Leder, Sandelholz und Macht.

„Was soll das?“, frage ich, als ich die Tür zuziehe und sich der Wagen in Bewegung setzt. *Was hat er vor?*

6
ALEXANDER

„Ist das dein Ernst?“, frage ich und muss an mich halten, um nicht laut zu werden. Emma blinzelt perplex und sieht mich mit gekräuselter Stirn an. „So wolltest du nach Hause laufen?“ Mein Finger deutet anklagend auf ihre nackten Füße.

„Ja … und?“ Sie zieht die Zehen an. Die Situation ist ihr offensichtlich unangenehm.

„Ja und?“, wiederhole ich und beiße mir kopfschüttelnd auf die Lippe. „Weißt du, wie unvernünftig das ist? Abgesehen davon, dass du um diese Uhrzeit nicht allein durch die Gegend streifen solltest, könntest du dir weiß Gott was eintreten oder dich erkälten.“

„Quatsch, so kalt ist es nicht. Außerdem …“ Sie verstummt, als sie erkennt, dass es mir bitterernst ist.

„Das war kein Spaß, als ich sagte, du wärst meine Favoritin. Aber so“, ich zeige an ihr hinab, „kann ich nicht mit dir arbeiten. Mit Aktionen wie diesen setzt du deine Gesundheit aufs Spiel und das ist ein No-Go.“

Wenn sie so etwas auf einer Tournee macht, hat sie ein Problem. Dann muss sie krank auf die Bühne. Denn eines ist sicher: Solange meine Künstler nicht mit einem Fuß im Grab stehen, werden keine Konzerte abgesagt.

„Es tut mir leid. Ich wusste nicht, dass ..."

„Was?", falle ich ihr ins Wort. „In vier Wochen das Finale ansteht? Was denkst du, wird passieren, wenn du nicht antreten kannst, weil du dir eine hartnäckige Erkältung eingefangen hast, die auf die Stimmbänder schlägt?" *Nicht, dass das etwas an meiner Entscheidung ändern würde. Dass ich Emma unter Vertrag nehme, steht für mich fest, seit ich sie heute Vormittag auf der Bühne erlebt habe. Aber das muss sie nicht wissen. Ich will, dass sie für ihren Erfolg kämpft und mir zeigt, was sie draufhat.*

„Tut mir leid, daran habe ich nicht gedacht." Trotz des gedämpften Lichts im Wagen erkenne ich, dass sie blass wird.

„Wenn du ein Star werden willst, musst du lernen, auf dich aufzupassen."

„Du hast recht", lenkt sie ein. „Ich werde besser auf mich achten."

„Gut." Mit noch immer finsterer Miene mustere ich sie.

Mit ihren blauen Augen, den hohen Wangenknochen, blonden Locken und dazu noch dieser Stimme wird sie die Leute umhauen. Die Kleine wird Tori und all meine anderen Sternchen in den Schatten stellen, denn sie hat dieses gewisse Etwas, was nur wenige haben. Es ist eine Mischung aus Können, Echtheit und ihrer unschuldigen Erscheinung.

Erneut frage ich mich, wie jemand wie sie so lange unentdeckt bleiben konnte.

„Erzähl mir mehr über dich. Seit wann singst du schon und wie bist du zur Band gekommen?"

„Angefangen zu singen habe ich mit sieben, im

Kirchenchor, später in der Highschool war ich im Schulchor."

„Hast du Musik studiert?"

Sie lacht auf. „Nein, schön wär's. Ich habe Gastgewerbemanagement studiert."

Ich hebe die Brauen.

Gastgewerbe? Das passt so gar nicht zu ihr.

„Zu den *Broken Strings* kam ich vor fünf Jahren durch Zufall, als sie auf der Party meiner Freundin Stacy einen Gig hatten. Ich war zweiundzwanzig und gerade mit dem College fertig. Jedenfalls hatten sich die Jungs kurz vor dem Auftritt mit ihrem Leadsänger zerstritten. Stacy wusste, dass ich singen kann und hat mich überredet für ihn einzuspringen."

„Ich wette, du hast die Bude gerockt", sage ich, was ihr ein Lächeln abringt.

„Naja, der Anfang war etwas holprig, aber ich wurde von Song zu Song besser. Am Ende hat es überraschend gut hingehauen."

Das wundert mich nicht.

„Nach dem Abend haben mir die Jungs angeboten, ihrer Band beizutreten."

Das wundert mich noch viel weniger.

„Wir haben uns super verstanden und wurden im Handumdrehen zu kleinen Stars in unserer Umgebung. Wir traten auf Hochzeiten, Geburtstagsfeiern und öffentlichen Veranstaltungen auf. Rex war überzeugt, dass wir in Staunton keine Chance hatten, groß rauszukommen, also hat er uns überredet nach New York zu ziehen. Das war der Anfang vom Ende. Erst die fehlenden Buchungen und dann bekamen sich die Jungs untereinander in die Wolle. Die eine Hälfte wollte zurück nach Virginia, die andere in New York bleiben. Ich habe versucht zu schlichten, doch die Fronten waren irgendwann zu verhärtet. Und so lösten sich die *Broken Strings* vor zwei Jahren auf."

Es liegt keine Enttäuschung in ihren Worten.

„Das scheint dich nicht besonders mitgenommen zu haben."

„Hat es auch nicht. Die Band aufzulösen war die einzig richtige Entscheidung. Wir waren nur noch am Streiten."

„Und was wurde aus dir und Rex?"

„Als die Band sich getrennt hat, habe ich ihn verlassen. Ich brauchte einen Neuanfang und wollte einen sauberen Cut."

„Verstehe. Das heißt, du bist zurzeit Single?"

„Ja."

Perfekt, genau das wollte ich hören! Mit Künstlern zu arbeiten, die keine Partner haben, die einem dazwischenfunken, ist tausend Mal einfacher. Wahnsinn, die Kleine ist in jeder Hinsicht ein wahrer Glücksgriff.

Ich verkneife mir ein Grinsen, lasse mir meine Gedanken nicht ansehen.

„Alexander?" Emma blickt mit einem unschuldigen Augenaufschlag zu mir auf. „Es tut mir leid, dass ich dich für einen Finalisten gehalten habe." Das verlegene Lächeln, das bei diesen Worten ihre Lippen umspielt ist zum Küssen.

Schade, dass ich die Finger von Künstlerinnen lasse, in denen ich Potential sehe. Das Goldkehlchen wäre eine Sünde wert.

„Schon gut", entgegne ich und bin überrascht über die Sanftheit in meiner Stimme. „Was hast du nach der Auflösung der *Broken Strings* gemacht?", komme ich zu unserem ursprünglichen Thema zurück.

„Eine Weile lang habe ich überlegt, mich nach anderen Bands umzusehen, aber ich hatte es satt,

Kompromisse einzugehen. Also habe ich beschlossen allein durchzustarten."

Weise Entscheidung. „Und wie läuft dein Alleingang bisher?"

„Na ja", sie zuckt die Achseln und senkt den Blick auf die Clutch in ihrem Schoß. „Um ehrlich zu sein, komme ich gerade so über die Runden."

„Dann hatte ich recht, du steckst in finanziellen Schwierigkeiten."

Emma reibt sich unbehaglich über den Handrücken. „Das ist zu viel gesagt ... es ist nur ... momentan etwas schwierig."

Momentan? Ich glaube ihr kein Wort. Sie hat weder ein Auto noch ein Handy. Tausend Dollar, dass sie tiefer in der Tinte sitzt, als sie zugeben will.

Jetzt stiehlt sich doch ein Grinsen auf mein Gesicht.

Bei Emmas finanzieller Lage werden die Vertragsverhandlungen mit ihr ein Klacks.

„Vor Kurzem musste ich einige Auftritte absagen, weil ich mir ein Bein gebrochen hatte", erklärt sie.

„Was ist mit Social Media? Hast du versucht dir auf Insta oder TikTok etwas aufzubauen?", frage ich.

„Das habe ich, aber da gibt es viele gute Künstler, da kann ich nicht mithalten", antwortet sie und klingt dabei so niedergeschlagen, dass mich ein schlechtes Gewissen überkommt.

Die Kleine scheint wirklich Probleme zu haben und alles, an was ich denke, ist, wie ich mit ihr noch reicher werden kann ...

„Wie kommst du darauf, nicht mithalten zu können?" *Ich weiß, was sich auf den Sozialen Medien so tummelt. Da reicht ihr keiner das Wasser.*

„Weil die Videos der anderen besser sind. Die

meisten von ihnen verfügen über ein richtig professionelles Equipment."

„Und du nicht?"

Sie hebt eine Braue. „Ich habe noch nicht mal ein Handy."

Stimmt, das hätte ich beinahe vergessen. „Na schön, angenommen, du würdest über dasselbe oder sagen wir noch besseres Equipment verfügen, würde dir das weiterhelfen?"

„Ich verstehe nicht ..." Emma hebt den Blick und wie sie mich aus ihren großen, unschuldigen Augen ansieht, treffe ich eine Entscheidung, die mehr als untypisch für mich ist.

„Ich mache dir ein Angebot."

„Das wäre?"

„Ich stelle dir meine Crew zur Seite und lasse dich in meinem Tonstudio, ein paar Songs einsingen, die du auf Social Media veröffentlichen kannst."

Emma klappt der Mund auf. „U ... und was verlangst du im Gegenzug?"

„Dass du Aktionen wie diese unterlässt." Ich zeige auf ihre nackten Füße.

„Ist das Angebot ernst gemeint?"

Das frage ich mich auch gerade. „Absolut."

„Wow ... das ... Danke!" Überschwänglich fällt sie mir um den Hals.

Schmunzelnd erwidere ich ihre Umarmung und komme nicht umhin zu bemerken, wie voll und drall sich ihre Brüste gegen mich drängen.

Wir erreichen unser Ziel. Maxwell, mein Fahrer, hält den Wagen vor einem Block mit Backsteinfassade. Emma, die bemerkt, wo wir sind, löst sich von mir.

„Darf ich gleich morgen Abend ins Studio kommen?"

Die Euphorie, in ihren Augen, ist ansteckend.

„Natürlich. Komm, wann immer du willst."

Sie drückt die Clutch an ihre Brust und nickt. „Okay. Nochmal vielen Dank", sagt sie ergriffen und wendet sich zur Tür. Als sie aussteigt, saugt sich mein Blick an ihren Beinen fest und wandert hoch zu ihrem fantastisch runden Hintern. Einen Moment bin ich versucht, eine Hand zu heben und sie unter den Saum ihres Kleids zu schieben, der ihr hochgerutscht ist, doch ich halte mich zurück.

Draußen auf dem Bürgersteig wendet sich Emma mir noch einmal zu. „Bis dann", sagt sie und schenkt mir ein Lächeln, das ein warmes Ziehen in meinem Bauch auslöst.

„Bis dann", erwidere ich und als sie die Tür zuwirft, wird mir bewusst, was für ein breites Grinsen mir im Gesicht klebt.

„Zurück zum Hotel?", erkundigt sich Maxwell, der meinen Blick im Rückspiegel sucht.

Ich räuspere mich. „Ja", bestätige ich und während er den Wagen wieder auf die Straße lenkt, rücke ich meine Weste zurecht.

Was zur Hölle war das gerade? Erst erlaube ich Emma private Aufnahmen in meinem Studio zu machen und dann grinse ich sie auch noch dümmlich an. Was ist los mit mir?

Ich horche in mich hinein. Da ist schon wieder dieses warme Ziehen in meinem Bauch.

Wenn ich es nicht besser wüsste, würde ich sagen, dass die Kleine dabei ist, mir den Kopf zu verdrehen. Aber aus dem Alter bin ich raus. Herrgott noch mal, ich bin sechsunddreißig Jahre alt. In wen ich mich verliebe, entscheide ich schon noch selbst.

Ich verdränge das Gefühl in meinem Bauch.

Dass ich Emma die Aufnahmen erlaube, ist ein schlauer Schachzug, rede ich mir ein. *Denn sie werden nicht nur ihren Bekanntheitsgrad steigern, sondern bieten sich auch ausgezeichnet an, um den Markt auszutesten.*

Eigentlich habe ich nach einem Dance-Pop-Sternchen gesucht, aber wer weiß, vielleicht verzaubert Emma die Massen mit ihrem Indie-Pop. Zuzutrauen ist es ihr jedenfalls. Wir werden sehen, was die Zukunft bringt.

7
EMMA

„Favoritin", wiederholt Maddie am nächsten Vormittag. Mit leuchtenden Augen steht sie vor der Spüle in ihrer Küche und wiegt Eli auf dem Arm. „Ich hab's gewusst. Schon als ich dich das erste Mal singen hörte, war mir klar, dass du etwas ganz Besonderes bist. Und jetzt hat es Alexander Channing bestätigt." Bei den letzten Worten schraubt sich ihre Stimme vor Aufregung in die Höhe und bringt Eli zum Weinen. „Entschuldige, mein Liebling, aber an Lärm wirst du dich gewöhnen müssen. Wenn deine Tante Emma erst einmal berühmt ist, wird es hier nur so von Fans und Paparazzi wimmeln." Ihr Kopf schießt hoch. Sie sucht meinen Blick. „Du bleibst doch, oder? Ich meine, auch wenn du berühmt bist und Geld hast ... oder hast du vor dann umzuziehen? Nein, bitte, das kannst du mir nicht antun!"

Maddies aufgebrachter Tonfall lässt den Säugling noch lauter weinen.

„Wen soll ich dann anrufen, wenn mir mitten in der Nacht die Windeln ausgehen, ich zum Arzt muss oder jemanden zum Reden brauche?"

„Erstens", sage ich, gehe zu ihr und nehme ihr Eli

ab, „kannst du mich jederzeit anrufen, wenn du reden willst.“

„Ja aber am Telefon ist es nicht dasselbe!“

„Und zweitens“, fahre ich fort, während ich das schreiende Baby auf den Armen wiege. „Hat mich Alexander nicht zur Siegerin ernannt. Nur weil ich seine Favoritin bin, heißt das noch lange nicht, dass ich das Finale auch gewinnen werde.“

„Also erstens“, meint meine Freundin mit einem breiteren Grinsen. „Kann ich es immer noch nicht glauben, dass du Manhattans verflucht noch mal heißesten Millionär beim Vornamen nennen darfst.“

„Hey!“, schimpfe ich, „seit wann fluchen wir in Elis Gegenwart?“

Maddie ignoriert meine Worte wie ich zuvor ihre. „Und zweitens.“ Jetzt wird sie ernst und hebt einen Finger. „Wage es ja nicht von hier wegzuziehen! Eli und ich brauchen dich.“

Ich verdrehe die Augen. „Keine Sorge, ich habe nicht vor, von hier wegzugehen.“

„Gut.“

Ich werfe einen Blick auf die Uhr über ihr an der Wand. „Meintest du nicht, dein Termin beim Zahnarzt wäre um zehn.“

„Ja, warum?“

„Weil es fünf vor ist.“

Maddie sieht auf ihre Armbanduhr. „Ach du Schande, du hast recht!“ Gestresst tupft sie ihrem noch immer quengelnden Sohn einen Kuss auf die Stirn und eilt zum Küchentisch, wo ihre Handtasche liegt. „Ich habe Eli vor einer Stunde gewickelt und sein Fläschchen hatte er vor zwanzig Minuten. Er müsste schon längst schlafen, aber ich glaube, er hat die Müdigkeit überwunden.“

„Das macht nichts“, versichere ich.

„Sein Lieblingsschnuller liegt in seinem Bettchen.“

„Alles klar.“

„Und wenn du das Gefühl hast, dass er Bauchweh hat, versuch es mit dem Fliegergriff. Das hat gestern prima geklappt!“

„Ist gut.“

„Wenn das nicht hilft, nimm die Bauchwohl-Salbe, sie liegt auf der Wickelkommode. Ach, und ...“

„Schluss jetzt“, unterbreche ich ihren Redeschwall. „Du wirst dich noch verspäten. Wir kommen schon zurecht.“

Maddie verzieht ertappt die Lippen. „Ich weiß. Es ist nur ... ich will nicht zum Zahnarzt.“

Das kann ich verstehen. Aber ihr ist vor ein paar Tagen eine Plombe herausgefallen.

„Es hilft nichts, du musst die Füllung erneuern lassen, bevor du Schmerzen bekommst.“

Sie seufzt und schultert ihre Tasche. „Hast ja recht. Wünsch mir Glück.“

Ich hebe eine Hand und überkreuze die Finger. „Du schaffst das.“

„Dein Wort in Gottes Ohr“, sagt sie und macht sich auf den Weg.

Als ich die Wohnungstür ins Schloss fallen höre, senke ich den Blick auf Eli. Er ist ein unglaublich süßes Baby, hat goldbraunes Haar, das sich zu Locken kringelt, wenn er schwitzt und die blauesten Augen, die ich je gesehen habe. Sein kleines Näschen ist rot und die Augen sind feucht vom Weinen.

„Was ist denn los, mein Schatz? Tut das Bäuchlein weh?“, frage ich und lege ihn über meine Schulter. Während ich sanft über seinen Rücken reibe, gehe ich in der Küche hin und her. Doch Eli lässt sich nicht beruhigen. Also wechsle ich in die Fliegerposition und lasse ihn mit dem Bauch auf meinem Unterarm ruhen. Dabei kann ich fühlen, wie es in seinem Bäuchlein rumort. Weil ich denke, dass es ihm in der Küche zu hell ist, gehe ich ins Kinderzimmer. Dort lasse ich die Jalousien vor dem Fenster herunter und gehe geduldig neben dem Gitterbett auf und ab.

„Close your eyes, my little one, the night is softly calling", singe ich leise, die ersten Zeilen des Schlaflieds, das ich für Eli geschrieben habe. Mit dem Klang meiner Stimme, wird sein Weinen weniger. Es dauert kaum eine Minute, da beruhigt er sich. Nach weiteren fünf habe ich das Gefühl, dass er eingeschlafen ist. Sicherheitshalber gehe ich jedoch noch eine Weile mit ihm im Zimmer auf und ab. Dabei erinnere ich mich an den gestrigen Abend und an Alexander. Es fällt mir nach wie vor schwer zu glauben, dass ausgerechnet ich seine Favoritin sein soll. Das alles kommt mir so surreal vor.

Hat er mich wirklich eingeladen, meine eigenen Songs in seinem Studio aufzunehmen?

Mein vor Aufregung wummerndes Herz sagt ja, aber meinem Kopf fällt es schwer das zu glauben.

Mit professionellen Tonstudio-Aufnahmen werde ich auf Insta und Co durchstarten können. Ich wette, sie verhelfen mir zu einem regelrechten Push.

Wenn das der Fall sein sollte, kann ich versuchen, über meine Social-Media-Kanäle Geld zu verdienen. Das wäre der Hammer! Denn dann könnte ich Harvey wenigstens einen Teil der Miete schon mal bezahlen.

Da das Finale erst in vier Wochen ist und ich bis dahin meine Schulden bei ihm beglichen haben muss, könnte mir das den Hals retten. Harvey ist kein schlechter Mensch, wenn ich ihm meinen guten Willen zeige, verlängert er meine Galgenfrist bestimmt so lange, bis mir die Hunderttausend ausbezahlt werden. Das heißt, sofern ich das Finale denn tatsächlich gewinne …

Eines nach dem anderen. Jetzt gilt es erst einmal, mich auf die Aufnahmen im Studio vorzubereiten, überlege ich im Stillen, lege Eli in sein Bettchen und decke ihn zu. Dann schleiche ich auf Zehenspitzen aus dem Zimmer und setze mich auf die Couch im Wohnzimmer.

Eineinhalb Stunden später bin ich gerade dabei, den Song auszusuchen, den ich heute als erstes einsingen will, als Maddie nach Hause kommt.

„Ich bin wieder da!", ruft sie euphorisch im Hereinkommen.

„Scht!", mache ich und werfe einen Blick auf das Babyphon. Gott sei Dank, sie hat den Kleinen nicht geweckt.

„Schläft er?", fragt sie mit gedämpfter Stimme und kommt mit einem Päckchen in der Hand zu mir.

„Tief und fest", sage ich und sammle meine Sachen zusammen. „Wie geht es deinem Zahn?"

„Gut." Erleichtert setzt sie sich neben mich auf die Couch. „Stell dir vor, ich habe nicht mal eine Spritze gebraucht."

„Das ist toll! Siehst du, es war doch gut, dass du gleich gegangen bist."

„Stimmt", gibt sie zu und reicht mir das Päckchen.

„Was ist das?"

„Keine Ahnung. Das wurde eben für dich abgegeben."

„Aber ich habe nichts bestellt …" Verwundert öffne

ich das Paket und stoße auf einen weißen Karton mit einem Apfelemblem darauf.

„Ein iPhone?“, stutzt Maddie.

Ich lüfte den Deckel und tatsächlich befindet sich im Karton ein nigelnagelneues iPhone.

„Ich verstehe nicht ...“

„Sieh mal.“ Als ich das Telefon aus der Verpackung nehme, holt Maddie eine Karte hervor, die darunter liegt. Sie ist cremefarben, mit goldener Umrandung. Als ich das Emblem von *Channing Records* darauf entdecke, stolpert mein Herz.

„Was steht da?“, will ich von meiner Freundin wissen, die die Karte aufklappt.

„Denk an unsere Abmachung. Solltest du Hilfe brauchen, ruf an. Alexander.“ Maddie fällt die Kinnlade herab. „Er schickt dir ein Handy? Okay, raus damit, was hast du getan?“

„Getan? Ich verstehe nicht.“

„Erst bietet er dir an, ihn beim Vornamen zu nennen, dann stellt er dir einfach so sein Tonstudio zur Verfügung und jetzt schickt er dir auch noch ein neues Handy.“

„Ja, und?“, frage ich, obwohl mir das Ganze genauso seltsam vorkommt.

„Hast du mit ihm geschlafen?“

„Maddie!“, sage ich fassungslos. Gerade sie sollte mich besser kennen und wissen, dass ich nie für meine Karriere die Beine spreizen würde. „Natürlich nicht!“ Verärgert nehme ich ihr die Karte aus der Hand und lese die wenigen Worte, die dort in eleganter und schwungvoller Schrift geschrieben stehen. Als mein Blick auf Alexanders Unterschrift fällt, beginnt mein Magen zu glühen.

Zum geschätzt hundertsten Mal geht mir der gestrige Abend durch den Kopf.

Weder seine Assistentin noch einer der anderen Finalisten durften ihn bei seinem Vornamen ansprechen. Warum hat er ausgerechnet mir das Du angeboten? Weil ich seine Favoritin bin?

Mir kommt in den Sinn, wie er die Schlüsselkarte auf den Tisch gelegt und mich dabei angesehen hat.

Kann es sein, dass das seine Masche ist? Gibt er mir das Gefühl etwas Besonderes zu sein, um mich ins Bett zu bekommen? Was, wenn ich für ihn nichts weiter als ein Spielzeug bin? Nur deshalb interessant, weil er es nicht haben kann. Das wäre nicht überraschend. Ich meine, C.J. meinte, dass Channing für seinen Frauenverschleiß bekannt sein soll.

Zu der Hitze in meinem Bauch gesellt sich ein unangenehmes Ziehen.

Tja, dumm für ihn, dass ich die Falsche für solche Spielchen bin.

„Schön, du hast ihn also nicht rangelassen", meint Maddie. „In dem Fall steht der Kerl auf dich."

„Quatsch!" Das Wort kommt mir ungewollt harsch über die Lippen.

Sie grinst. „Verstehe, er gefällt dir also auch." Sie zuckt die Schultern. „Wen wunderts, der Typ ist eine zwölf von zehn. Einflussreich, groß, unverschämt gutaussehend und dann auch noch steinreich."

Ich lege das Handy zurück in den Karton, schließe ihn und stehe auf.

„Was ist, was hast du vor?", stutzt Maddie.

„Mich fertig machen fürs Tonstudio."

„Warte!", hält sie mich zurück, als ich die Tür ansteuere. „Bist du mir böse, weil ich dich gefragt habe, ob du mit ihm geschlafen hast?“ Die Stirn in Falten gelegt sieht sie mich entschuldigend aus ihren babyblauen Augen an. Wie könnte ich ihr böse sein, wenn sie mich mit diesem Blick bedenkt? Abgesehen davon weiß ich, dass sie es nicht so gemeint hat. Maddie hat einfach von sich auf mich geschlossen. Bevor sie Liam kennenlernte, war sie eine völlig andere Frau. Sie hat es geliebt, sich die Füße in Clubs wund zu tanzen und ihr Singleleben in vollen Zügen ausgekostet. Maddie war in ihren jungen Jahren mit mehr Männern zusammen, als die meisten Frauen in ihrem ganzen Leben. Doch dann kam Liam und zeigte ihr, was wahre Liebe ist. Die beiden sind der Inbegriff eines Traumpaars. Würde ich Maddie nicht schon seit ihrer Zeit vor Liam kennen, würde ich nicht glauben, was für ein Luder die heute liebevolle Mutter und Ehefrau einst war.

„Alles gut, ich bin dir nicht böse. Hab nur viel zu tun.“

„Okay.“ Sie schenkt mir ein erleichtertes Lächeln. „Dann sehen wir uns später? Schaust du nach dem Tonstudio vorbei und erzählst, wie es war?“

„Klar. Aber ich weiß nicht, wie lange die Aufnahmen dauern. Es könnte spät werden.“

Sie macht eine wegwerfende Handbewegung. „Kein Problem. Ich erwarte einen Anruf von Liam. Da bin ich ohnehin ewig wach.“

Liam ist bei der Marine und zurzeit in Yokosuka, Japan stationiert. Da der Zeitunterschied dreizehn Stunden beträgt, telefonieren die beiden meist erst gegen Mitternacht.

„In Ordnung, dann bis später.“

Ich gehe rüber in meine Wohnung, wo ich das Telefon und die Karte aus dem Karton hole und seine Nachricht noch einmal lese.

Denk an unsere Abmachung. Solltest du Hilfe brauchen, ruf an. Alexander.

„Ruf an?“ Ich entsperre das Display und öffne die Kontakte.

Oh …

Mir klappt der Mund auf als ich auf seinen Namen stoße.

Das ist seine Nummer … ich habe Alexander Channings Nummer!

Ich hebe eine Hand an meine Lippen, tue mich schwer zu glauben, dass das hier wirklich passiert.

Wenn Shannon wüsste, dass ich Alexanders Nummer habe, würde sie Galle spucken.

Mir auf die Lippe beißend tippe ich auf seinen Kontakt und schreibe ihm eine Nachricht.

Vielen Dank für das Handy und keine Sorge, ich halte mich an unsere Abmachung.

Mein Herz überschlägt sich, als er direkt online kommt und mir antwortet.

Alexander
Davon gehe ich aus.

„Das glaube ich“, sage ich und erinnere mich überdeutlich an den herrischen Label-Inhaber … an sein Aftershave, das mir in die Nase gestiegen ist, als ich mich zu ihm in den Wagen gesetzt habe, die kräftigen Arme, die sich unter seinem Anzug abgezeichnet haben und dann diese stahlgrauen Augen. Zugegeben: Alexander Channing ist ein attraktiver Mann.

Aber ich bin kein Spielzeug, rufe ich mir in Erinnerung, als ich mich dabei ertappe, mir vorzustellen, wie ich ihn aus seinem Designeranzug schäle.

Wenn ich nicht will, dass Channing das Interesse an mir verliert, muss ich einen klaren Kopf bewahren.

Mit dem Entschluss, mich nicht auf ihn einzulassen, gehe ich unter die Dusche. Im Anschluss gönne ich mir den schrumpeligen Apfel, den ich im Kühlschrank finde, mache einige Stimmübungen und singe mich ein. Dann schnappe ich mir meine Gitarre und mache mich auf den Weg.

Es ist vier Uhr nachmittags als ich das Tonstudio von *Channing Records* erreiche. Ein imposanter Bau aus dunklem Glas und Stahl, der sich nahtlos in die Reihe moderner Firmensitze einfügt, die die Straße säumen. Es ist ein eindrucksvoller Anblick, ein Monument der Musikindustrie, das in der warmen Sommerluft glänzt.

Mit vor Nervosität schwitzigen Händen nehme ich die Stufen und finde mich vor einer Glastür wieder, die mein Spiegelbild zurückwirft. Mit einem tiefen Atemzug lege ich die Hand auf die Türstange und betrete das Gebäude, wo mich angenehm kühle Luft umfängt. Der Eingangsbereich wird von modernen Hängeleuchten erhellt, die ihr sanftes Licht über polierte Betonböden streuen. An den Wänden hängen gerahmte Gold- und Platinplatten sowie Schwarz-Weiß-Fotografien von Musiklegenden, die einst hier aufgenommen wurden.

Mit wummerndem Herzen steuere ich die Rezeption an, hinter der eine junge Frau mit fuchsrotem Haar sitzt. Sie ist gerade mit ihrem Computer beschäftigt. Das Klicken ihrer Tastatur mischt sich mit dem gedämpften Klang von Musik, die aus einem der Studios im Hintergrund kommt.

„Willkommen bei *Channing Records*, was kann ich für Sie tun?", begrüßt sie mich nach einem Moment mit neutraler Miene.

„Hi, mein Name ist Emma Sterling. Ich …"

„Ah, Miss Sterling", sagt sie, ehe ich dazukomme, weiterzureden. „Sie werden bereits erwartet."

Ach ja?

Die Frau steht auf und kommt hinter dem Anmeldebereich hervor. „Wenn Sie mir bitte folgen würden?"

Ich begleite sie durch eine Glastür in einen Flur, dessen Wände von bodentiefen Fenstern durchbrochen werden. Wir passieren mehrere verschlossene Türen, hinter denen ich das gedämpfte Pulsieren von Bässen und das gelegentliche Zischen einer Hi-Hat vernehme.

Am Ende des Flurs bleibt sie vor einer Tür mit der Aufschrift „Studio 4" stehen. Sie klopft an und tritt dann ein.

„Mr. Hard, sie ist hier", sagt sie und bedeutet mir einzutreten.

Hard? Etwa Cedric Hard, der Musikproduzent aus Alexanders Jury höchstpersönlich?

„Danke, Molly, schick sie herein", vernehme ich eine tiefe Stimme.

O Himmel, ich glaube, er ist es wirklich.

Mein Magen verknotet sich, als ich eintrete und sich tatsächlich der blonde Produzent mit den markanten Gesichtszügen aus einem Bürostuhl erhebt. Hinter Hard entdecke ich ein riesiges Mischpult mit Bildschirmen, auf denen jede Menge Tracks zu sehen sind. Wie es aussieht, ist er gerade dabei, sie zu überarbeiten. Über dem Mischpult befindet sich eine Glasscheibe, durch die man in den dahinterliegenden Aufnahmeraum sieht. Er ist mit weißen Akustikplatten ausgekleidet und beherbergt neben einem Mikrofon plus Ständer nur ein

Headset, die dazugehörigen Anschlusskabel und einen Studiohocker. Wenn ich nicht wüsste, dass hier täglich etliche Künstler vertont werden, wäre ich versucht zu glauben, dass das Studio extra für mich vorbereitet wurde.

„Brauchen Sie noch etwas, Sir?"

„Nein danke, Molly."

Während uns die Empfangsdame allein lässt, kommt Hard zu mir.

„Schön dich wiederzusehen, Emma."

„Danke, gleichfalls", sage ich und schüttle die Hand, die er mir zur Begrüßung reicht.

„Mr. Channing meinte, du würdest bei uns ein paar deiner Songs aufnehmen." Er deutet auf die Tür, die in den Aufnahmeraum führt. „Bitte, nur zu."

„Danke." Meine Knie sind weich vor Aufregung, als ich den etwa vier mal vier Meter großen Raum betrete.

Unglaublich, das hier passiert wirklich ...

Mit schwitzigen Händen hole ich meine Gitarre aus ihrem Koffer und stelle mich vor das Mikro.

„Bevor wir anfangen, muss ich erst ein paar Anpassungen vornehmen", dringt Hards Stimme aus dem Kopfhörer, den ich aufsetze. „Sei so gut und sing dich so lange warm."

„Okay."

Mit noch immer weichen Knien ziehe ich den Hocker heran und setze mich. Die Hand flach auf die Saiten meiner Gitarre gelegt, schließe ich die Augen und nehme mir einen Moment, um ruhig zu werden. Als ich die Lider hebe, stimme ich *Shadows of Your Goodbye* an. Er ist einer meiner Lieblingssongs und da er mir bei der Audition Glück gebracht hat, halte ich ihn für den perfekten Einstieg. Während ich die erste Strophe singe, beobachte ich, wie Hard draußen am Mischpult einige

Regler bewegt. Wie ich den Mann so betrachte, komme ich nicht umhin, mich an gestern zu erinnern. Alexander meinte, dass sich Hard um die Damen auf seinem Zimmer kümmern würde. Bei dem Gedanken erwacht prompt ein Bild vor meinem geistigen Auge. Ich stelle mir vor, wie Shannon und die anderen Mädchen sich nackt um den Musikproduzenten räkeln und ihn mit Händen und Zungen verwöhnen.

Unwillkürlich frage ich mich, ob Aktionen wie diese in der Musikbranche üblich sind und sich Alexander und sein Produzent die Frauen hin und wieder teilen.

Hitze explodiert in meinem Gesicht, als Hard unvermittelt den Kopf hebt und mich ansieht.

„Sehr schön. Ich wäre dann so weit“, sagt er. „Wenn du willst, kannst du loslegen.“

„Alles klar, danke.“ Ich bemühe mich um ein Lächeln und verbanne die unkeuschen Bilder aus meinem Kopf. „In the quiet of the morning, with the dawn's first light”, singe ich die erste Zeile und konzentriere mich auf die Musik.

In den ersten Minuten hört man mir die Anspannung noch an. Doch je länger ich singe, desto klarer und voller wird meine Stimme. Ich bin unendlich dankbar hier sein zu dürfen. Die Augen geschlossen, genieße ich den Moment und mache den Gefühlen in mir Platz.

Hard lässt mich den Song wieder und wieder einsingen, weil er die perfekte Aufnahme will.

„Wunderbar“, vernehme ich seine Stimme schließlich. Ich schlage die Augen auf und sehe, dass er seinen Kopfhörer abnimmt. Er lächelt mich durch die Scheibe an und drückt auf einen Knopf am Mischpult. „Ich schätze fürs Bearbeiten, Mixen und Mastern brauche ich einen Tag. Für den Videoschnitt einen weiteren.“

„Videoschnitt?“, frage ich, woraufhin er sich vorbeugt und auf die Kamera in der Ecke über mir zeigt.

„Ich wurde gefilmt?“ Mein Gesicht wird heiß. Vertieft wie ich war, ist mir das gar nicht aufgefallen.

„Ja, die Kameras lassen wir immer für Making-of-Bilder und Videos mitlaufen.“

„Verstehe.“

„Gut, das wär‘s dann von meiner Seite. Wir sind fertig.“

„Fertig?“ Mein Herz zieht sich vor Schreck zusammen. Nein bitte nicht! Ich hüpfe vom Hocker. „Aber Alexander ... ich meine Mr. Channing meinte ich dürfte mehreres Songs aufnehmen.“

„Ich weiß“, entgegnet Hard locker. „Aber ich habe gleich noch ein Meeting, darum machen wir für heute Schluss.“

O Gott sei Dank!

Mir fällt ein Stein vom Herzen. Rasch verstaue ich meine Gitarre in ihrem Koffer und verlasse den Aufnahmeraum. Hard ist bereits dabei, seinen Computer herunterzufahren und die Anlage abzuschalten.

„Morgen um dieselbe Zeit?“, fragt er und bedenkt mich mit einem offenen Lächeln.

Ich darf also tatsächlich wiederkommen.

„Ja, sehr gerne“, sage ich und möchte hüpfen vor Freude. Erleichtert verabschiede ich mich und mache mich auf den Heimweg. Ich kann es kaum erwarten, Maddie von meinem Tag zu berichten und noch viel weniger, morgen wieder herzukommen.

8

ALEXANDER

Die Sonne steht tief am Himmel, als ich wenige Tage später in meinem Privatjet am Teterboro Airport in New Jersey ankomme.

„Willkommen zu Hause, Sir. Ich hoffe, Sie hatten ein erholsames Wochenende“, empfängt mich Sophie, die an der Limousine wartet, in der ich abgeholt werde.

„Das hatte ich“, erwidere ich, was zu fünfzig Prozent der Wahrheit entspricht. Um den Kopf freizubekommen, habe ich das Wochenende mit Cole in dessen Ferienhaus in San Francisco verbracht. Wir haben uns auf dem naheliegenden Tennisplatz ausgepowert und uns bis spät in die Nacht bei einer Flasche Single Malt auf seiner Veranda unterhalten. Cole geht es gut, um nicht zu sagen: fantastisch. Er meinte, er hätte jemanden kennengelernt, wollte jedoch nicht ins Detail gehen.

Es hat gutgetan ihn wiederzusehen, auch wenn mich unser Treffen nicht wie erhofft auf andere Gedanken gebracht hat. Das ganze Wochenende über konnte ich nur an eines denken: Emma. Es fällt mir nach wie vor schwer zu glauben, dass ein Ausnahmetalent wie sie ohne Manager herumläuft. Heute Nacht habe ich davon geträumt, dass sie bei einem anderen Label unterschrieben hat. Seither lässt mich die Angst nicht los, dass mir jemand zuvorkommen und sie mir vor der Nase wegschnappen könnte.

„Was gibt es Neues?", erkundige ich mich bei meiner Assistentin, als ich neben ihr auf die Rückbank sinke.

„Der erste Song ist online." Sophie tippt auf ihrem Tablet herum und reicht es mir. Auf dem Bildschirm läuft ein Insta-Video an. Es ist in schwarz-weiß und zeigt Emma, die mit einer Gitarre auf dem Schoß in meinem Tonstudio sitzt. Wie neulich bei der Audition, nimmt mich ihre Stimme bereits mit den ersten Klängen gefangen. Gänsehaut breitet sich auf meinen Armen aus.

Sie ist einfach unglaublich …

Mein Blick fällt rechts unten auf den Bildschirmrand. 23.765 Leuten gefällt das Video und über tausend haben es kommentiert. Und dass, obwohl Emma gerade mal fünftausend Follower hat.

Verdammt, ich wusste es. Die Kleine ist ein Jahrhunderttalent!

Wieder überkommt mich die Sorge, dass sie mir jemand wegschnappen könnte.

„Wo ist sie?", will ich wissen und gebe das Tablet an Sophie zurück, die erneut darauf herumtippt.

„Im Tonstudio."

„Verstehe. Planänderung. Wir fahren nicht ins Büro, sondern ins Studio."

„Natürlich, Sir."

Während Sophie den Fahrer informiert, rufe ich Hektor Grant, meinen Anwalt, an. Es gibt da etwas, was er für mich erledigen muss.

Zwanzig Minuten später trete ich durch die Glastür und gehe den Flur im Tonstudio hinab. Gedämpfte Musik dringt aus den Türen. Obwohl es nach Acht ist, ist noch einiges los.

An Studio vier angekommen, halte ich mich nicht mit Klopfen auf, sondern trete direkt ein. Cedric sitzt am Mischpult. Er ist in seine Arbeit vertieft. Genauso wie Emma. Ihre Gitarre auf dem Schoß, die Augen geschlossen, sitzt sie im Aufnahmeraum.

„Your kisses taste like freedom, mixed with sweet wine", dringt ihre Stimme aus den Lautsprechern. Den Blick durch die Glasscheibe auf die Künstlerin gerichtet, bleibe ich neben Cedric stehen.

„Was zum!" Er reißt die Schultern hoch, als er mich bemerkt. „Scheiße Mann, hast du mich erschreckt", schimpft er und nimmt den Kopfhörer ab. „Wie lange stehst du da schon?"

„Bin eben gekommen", antworte ich, ohne den Blick von Emma zu lösen. „Wie macht sie sich?"

Er sieht zu ihr. „Was soll ich sagen? Sie ist ein Ausnahmetalent. Eine Stimme wie ihre habe ich noch nie zuvor gehört. Sie ist kräftig und klar wie die von Whitney Houston und besitzt gleichzeitig diesen unglaublichen Schmelz."

„Hast du ihr das gesagt?"

„Wo denkst du hin?" Er misst mich mit einem ich-bin-doch-nicht-verrückt-Blick.

„Gut", sage ich, während Emma zum Ende ihres Songs kommt.

„Each touch speaks louder than a thousand words could ever say", singt sie und ihre Worte hallen in meinem Körper wider, erfüllen mich bis in die Haarspitzen. Als sie verstummt, hält sie die Augen geschlossen. Sie wirkt entspannt und so, als würde sie tief in sich ruhen.

Cedric drückt auf den Talkback-Knopf. „Gleich nochmal, bitte“, verlangt er, woraufhin sie erneut beginnt.

„Wie lange seid ihr schon dran?“, will ich wissen, als er vom Knopf ablässt und an einem der Regler, dreht.

„Eine Weile.“ Er wirft einen Blick auf seine Armbanduhr. „Verdammt, es ist schon nach Acht?“

„Ja und?“ Cedric ist niemand, der sich vor Überstunden scheut.

„Pierrick Dupon wartet nebenan.“

„Die Aufnahmen mit den anderen stehen heute an?“, frage ich.

Als ich diesen Wettbewerb geplant habe, habe ich mein Team angewiesen, vor dem Finale Aufnahmen von sämtlichen Finalisten zu machen. Ich will wissen, wie sie sich im Studio anstellen und klingen. Oder besser gesagt, ich wollte es wissen. Da für mich feststeht, dass ich Emma unter Vertrag nehme, sind mir die anderen egal. Der einzige Grund, warum ich das Finale nicht abblase und Emma direkt zur Siegerin küre, ist, weil es ein schlechtes Licht auf meine Firma werfen würde. Außerdem weiß man nie, was noch kommt. Sollte irgendwas mit meiner Favoritin schieflaufen, habe ich neun weitere Talente in der Hinterhand.

„Ja, wir sind ziemlich ausgebucht, darum habe ich Pierrick auf Acht und Lucien auf Neun Uhr bestellt.“

„Verstehe.“ Mein Blick fällt auf Emma, die vertieft in ihren Song ist.

„Wir machen hier morgen weiter“, sagt er mehr zu sich selbst, als zu mir und streckt die Hand bereits nach dem Talkback-Knopf aus, als ich ihn zurückhalte.

„Nein, schon gut, ich übernehme für dich."

In den Anfangszeiten von *Channing Records* habe ich mich persönlich um die Aufnahmen gekümmert, weshalb ich mit der Anlage vertraut bin.

„In Ordnung. Wenn du mich brauchst, ich bin nebenan.

„Alles klar", sage ich, woraufhin er aufsteht und mir seinen Stuhl überlässt.

Während Cedric den Raum verlässt, richte ich meine Aufmerksamkeit zurück auf Emma. Sie sieht noch besser aus, als ich sie in Erinnerung hatte. Ihre blonden Locken glänzen im Licht der Spots und ihr herzförmiges Gesicht wirkt makellos glatt. Beinahe wie das einer Puppe. Einer Puppe mit sommersprossengesäumter Nase, rosigen Lippen und der Stimme eines Engels.

Wie gebannt sitze ich da und höre ihr zu.

„Your breath on my skin, a tender lure I can't ignore", singt sie – Dein Atem auf meiner Haut, ein sanfter Lockruf, dem ich nicht widerstehen kann.

Ich frage mich, für wen sie diesen sexy Song geschrieben hat. Etwa für ihren Ex, diesen Möchtegernstar?

„Caught in the rhythm, our pulse races wild ..." Gefangen im Rhythmus, schlägt unser Puls wild.

Scheiße ja, die Kleine würde auch meinen Puls wild schlagen lassen.

Mein vibrierendes Handy meldet sich. Ich hole es hervor und sehe, dass sich Hektor bereits um mein Anliegen gekümmert hat.

Sehr schön. Ich wusste, dass ich mich auf ihn verlassen kann.

Zufrieden verbinde ich mein iPhone mit dem Studiocomputer. Während Emma zum Ende ihres

Songs kommt, drucke ich den Anhang aus, den mir der Anwalt geschickt hat.

„Alexander?“, kommt es nach einem Moment der Stille überrascht aus den Lautsprechern. Ich richte den Blick auf die blonde Schönheit hinter der Glasscheibe, die mich aus großen Augen ansieht und drücke auf den Talkback-Knopf.

„Hallo, Emma“, sage ich mit ruhiger Stimme.

„Ich verstehe nicht ... was tust du hier?“ Sie klingt ebenso überrascht wie erfreut. Ein halbes Lächeln stiehlt sich auf mein Gesicht.

Statt zu antworten, stelle ich ihr eine Gegenfrage „Wie gefällt dir mein Tonstudio?“

„Gut. Es ist ...“ Emma zuckt mit den Schultern und sieht sich um, „der Wahnsinn.“

Mein Lächeln vertieft sich. „Dein erstes Video ist online. Kommt es so gut an wie erhofft?“ Ich hole die Papiere aus dem Drucker und klopfe sie auf dem Pult zurecht.

„Besser!“, schwärmt sie. „Es hatte innerhalb der ersten Stunde über fünftausend Aufrufe.“

„Das freut mich.“ Ich schnappe mir einen Kugelschreiber, stehe auf und gehe durch die Tür in den Aufnahmeraum. Emma blinzelt überrascht, als ich ihr die Unterlagen reiche.

„Was ist das?“, fragt sie und wirft einen Blick darauf.

„Ein Vertrag.“

„Vertrag? Ich verstehe nicht ...“

„Wie viele deiner Songs hast du in meinem Studio bisher aufgenommen?“

„Drei.“ Die leise Sorge in ihrer Stimme ist unüberhörbar.

Sehr schön. Damit habe ich mein Versprechen gehalten. „Und möchtest du noch weitere aufnehmen?“

„Unbedingt."

„Dann muss ich dich bitten, diesen Vertrag zu unterzeichnen."

Emma zieht die Brauen zusammen und liest das oberste Blatt. „Ich soll unterschreiben, dass ich bis zum Finale weder von einem Management noch einem anderen Label unter Vertrag genommen werde?"

„Sieh es als eine Art Versicherung meinerseits."

Ich rechne mit Widerstand oder zumindest Fragen, doch Emma überrascht mich. Während sie den Vertrag überfliegt, glättet sich ihre Stirn.

„Okay", sagt sie schließlich leichthin, unterschreibt und gibt mir die Unterlagen zurück. „Und was jetzt?" Sie schenkt mir ein strahlendes Lächeln.

„Jetzt werden wir uns weiter um deine Aufnahmen kümmern", erkläre ich und gehe zur Tür. Cedric meinte, dass sie schon eine Weile aufnehmen würden, weshalb ich davon ausgehe, dass er genug Material hat. Aber ich will noch einmal ihre Stimme hören.

„Wie, du und ich?"

Emmas überraschte Worte lassen mich innehalten. Die Hand auf der Klinke werfe ich ihr einen Blick über die Schulter zu, sehe dass sie sich auf die Lippe beißt.

„Ja, du und ich. Es sei denn, du hast etwas dagegen."

„Nein, natürlich nicht!" Gestresst streicht sie sich eine Locke hinters Ohr. Ich verlasse den Raum und setze mich zurück ans Mischpult, wo ich einen neuen Track starte. Dann hebe ich einen Finger und zeige auf Emma. Sie versteht und stimmt das Intro auf ihrer Gitarre an. Hell und klar fluten die Klänge des Instruments durch den Raum. Diesmal hält sie die Augen offen und aufs Mikro gesenkt.

„Under the canopy of stars, your eyes ignite the

dark", singt sie und ich höre direkt, dass etwas anders ist. Ihre Stimme, sie klingt gepresst. Ich lasse sie machen, denke, dass sie nur etwas Zeit braucht, um in den Song zu finden. Doch das tut sie nicht.

„Emma?", unterbreche ich sie im zweiten Refrain. Sie hebt den Kopf und als sie mir in die Augen sieht, weiß ich, was los ist.

Ich schüchtere sie ein.

Ein Lächeln zupft an meinen Mundwinkeln.

Das gefällt mir. „Gibt es ein Problem?", frage ich.

„Problem? Nein. Es ist nur ..." Sie hält sich eine Faust vor den Mund und räuspert sich. „Ich singe schon ziemlich lange und bin müde. Vielleicht ist es besser, wenn ich es für heute gut sein lasse."

„Oder du machst weiter." Ich setze eine strenge Miene auf. „Denkst du, dass Tori oder einer der anderen Stars, die in meinen Studios groß wurden, aufhören, nur weil sie müde sind?"

Emma senkt den Kopf. „Nein", lautet ihre Antwort und ihre demütige Art gefällt mir verteufelt gut.

„Von vorn", verlange ich, woraufhin sie erneut das Intro spielt. Schon will sie den Blick wieder auf das Mikro senken, als ich sie aufhalte. „Nein", sage ich streng. „Sieh mich an."

Sie schluckt, tut jedoch was ich verlange.

„Under the canopy of stars, your eyes ignite the dark", hebt sie an und dieses Mal klingt ihre Stimme nicht gepresst, sondern zittrig vor Aufregung. Sie schüttelt den Kopf und bricht ab.

„Mach weiter", verlange ich woraufhin die Spitze ihrer Zunge erscheint. Mein Schwanz wird hart, als ich beobachte, wie sie sich nervös über die Lippen leckt.

Verdammt ...

Mir wird klar, dass ich nicht hier sein sollte. Dieser

blonde Engel mit dem Puppengesicht übt eine zu große Verlockung auf mich aus.

Emma fängt erneut an. Ich fange ihren Blick, halte ihn fest. Mit glühenden Wangen singt sie ihren Song – wagt es kein einziges Mal wegzusehen.

„Noch mal“, befehle ich mit dominanter Stimme und pochendem Schwanz.

Während sie erneut ihr Intro anstimmt, bearbeitete ich die letzte Aufnahme. Mit wenigen Handgriffen blende ich den Gesang aus, isoliere die Instrumentalspur und erstelle einen Loop. Emma verstummt und sieht mich fragend an, als ich ihr Gitarrenspiel in einer Dauerschleife einspiele. Dann stehe ich auf und gehe zu ihr in den Aufnahmeraum.

„Ich verstehe nicht“, sagt sie, doch ich gehe nicht darauf ein und deute auf ihre Gitarre.

„Die brauchst du heute nicht mehr“, informiere ich sie und strecke die Hand danach aus. Emma blinzelt perplex, reicht mir jedoch ihr Instrument, das ich an die Wand stelle. „Aufstehen“, sage ich und lege eine Hand auf den Hocker.

„Was hast du vor?“, fragt sie, tut jedoch was ich verlange. Sie fühlt sich sichtlich unwohl und faltet die Hände vor dem Schoß.

„Du bist zu verkrampft“, erkläre ich, nehme sie bei den Schultern und stelle sie vor das Mikro. Dann trete ich von hinten an sie heran. Emma ist um die eins siebzig und damit zwanzig Zentimeter kleiner als ich. Und sie duftet verboten gut.

Ist das Vanille?

Ich verbiete mir, an ihrem Haar zu riechen.

„Ich möchte, dass du dich einzig und allein auf deine Stimme konzentrierst“, verlange ich, die Hände nach wie vor auf ihren Schultern. Emma atmet zittrig durch. „Ganz ruhig“, sage ich. „Das ist dein Song. Du kannst das.“

„Your kisses taste like freedom, mixed with sweet wine”, steigt sie mitten im Song ein.

„Entspann dich”, raune ich, greife um sie herum und lege eine Hand auf ihr Zwerchfell. „Fühl die Musik.“

“With every breath you gift me, I crave to make you mine”, singt sie weiter, während in mir der Wunsch wächst, sie näher an mich zu ziehen. Doch ich widerstehe dem Drang.

„In your arms, I'm floating, lost in stardust blaze.”

“Schon besser.”

“Each touch speaks louder than a thousand words could ever say”, kommt sie zum Ende.

“Nochmal.“ Meine Stimme klingt rau. Ich rücke dichter zu ihr auf, spüre durch ihr dünnes Sommerkleid, die Hitze, die ihr Körper ausstrahlt.

„Under the canopy of stars, your eyes ignite the dark”, singt sie mit einer Stimme, die vor Aufregung vibriert. „Alexander ...“, haucht sie, als ich ihr Haar zur Seite nehme und ihren schlanken Hals freilege.

„Du sollst singen“, raune ich.

"Every glance you cast is like a whisper to my heart”

“So ist es gut.” Ich beuge mich zu ihr. „Spürst du es?”, wispere ich, die Lippen so dicht an ihrem Ohr, dass ich sie beim Sprechen berühre. Emma erschauert und ich grinse.

“Here in the moonlight, suddenly it's just you and I.”

„Einen Song wie diesen, musst du mit deinem ganzen Körper fühlen“, sage ich und lasse meine Hand an ihrem Bauch hinabwandern. Als ich Emmas Schambein erreiche, stockt ihr der Atem, doch sie singt tapfer weiter.

“Your smile pulls me closer, oh, I'm ready to defy.”

“Und jetzt der Refrain, lass dich gehen, Babydoll.“ Mit der Zungenspitze lecke ich über die weiche Haut unter ihrem Ohr. Sie keucht und neigt den Kopf zur Seite, präsentiert mir ihren hübschen Hals. Ich ziehe eine Spur aus kleinen Bissen und feuchten Küssen daran hinab. Emma legt eine Hand auf meine in ihrem Schritt und schiebt sie tiefer.

Verdammt!

Meine Hoden ziehen sich zusammen vor Lust, als meine Finger zwischen ihre Schenkel tauchen und feuchte Hitze wahrnehmen.

„Your kisses taste like freedom, mixed with sweet wine.” Emma singt den Refrain nicht, sondern keucht ihn. Sie schmilzt wie Butter in meinen Händen und beginnt sich an meiner Hand zu reiben. Ich drehe den Kopf, betrachte ihr wunderschönes Gesicht. Sie hat die Augen geschlossen und die Lippen einen Spaltbreit geöffnet. Ihre vollen, rosigen Lippen, die ich unbedingt auf meinem Schwanz spüren will. Gerade schlinge ich den zweiten Arm um sie, als mich ein Geräusch im Kontrollraum aufblicken lässt.

Was zum?…

Ich löse meine Hand aus Emmas Schritt und trete zurück.

„Hallo?!“, dringt Luciens Stimme gedämpft zu uns in den Aufnahmeraum. Im Vorbeigehen sehe ich, wie Emma die Augen aufschlägt. Ihr wie benommen wirkender Blick klärt sich und fällt durch die Glasscheibe auf den Finalisten. Dann bin ich auch schon durch die Tür.

„Lucien“, sage ich gereizt. „Was willst du?“

„Ich … ähm, ist Mr. Hard hier? Wir sind verabredet?“ Er sieht sich neugierig um und mir wird klar, dass er nicht mitbekommen hat, was Emma und ich gerade getrieben haben.

„Cedric ist nebenan, in Studio drei.“

„Oh Shit, da muss ich mich in der Tür vertan haben. Sorry.“ Der dunkelhaarige Kerl macht auf dem Absatz kehrt und zieht ab.

Ich warte, bis die Tür hinter ihm ins Schloss fällt, dann drehe ich mich zu Emma um – habe vor da weiterzumachen, wo wir aufgehört haben, doch daraus wird nichts. Mit finsterer Miene und ihrem Gitarrenkoffer in der Hand stößt sie zu mir.

„Was ist? Wo willst du hin?“, frage ich, als sie an mir vorbei geht.

„Fick dich, Alexander“, keift sie, reißt die Tür auf und stürmt davon.

Was zur Hölle war das denn?!

9
EMMA

Ich fasse es nicht! Wie dumm kann ich bitte sein?

Wütend stoße ich die Glastür auf und laufe über die Treppe hinab zum Bürgersteig.

Wie konnte ich denken, dass er mehr in mir sieht als in den anderen?! Wo mich C.J. doch gewarnt hat! Das liegt an diesem blöden Vertrag!

Dass Alexander das Exklusivrecht an mir haben wollte, ließ mich glauben, dass ich für ihn tatsächlich etwas Besonderes bin. Dass ich ihm etwas bedeute.

„Awww!“, kreische ich und möchte um mich schlagen vor Wut. Um ein Haar wäre ich auf seine Masche hereingefallen. Wäre Lucien nur ein paar Minuten später gekommen …

Mit Zornestränen in den Augen schüttle ich den Kopf. Ich hätte wissen müssen, dass er mir was vormacht. Stattdessen habe ich mich von dem rauen Klang seiner Stimme betören und mich von ihm befummeln lassen.

„Scheiß auf dich, Channing“, fauche ich, als der Gedanke an seine großen, männlichen Hände für ein Klopfen zwischen meinen Schenkeln sorgt. Und plötzlich fällt es mir wie Schuppen von den Augen und ich bleibe stehen. In meiner unendlichen Wut habe ich *Fick dich* zu ihm gesagt. Fick dich – zu Alexander Channing …

Wie von selbst heben sich meine Hände vor meine Lippen.

O. Mein. Gott. Wie konnte mir das passieren? So rede ich sonst nie …

Mir wird schlecht.

Das wars. Alexander wird mich rausschmeißen. Sowohl die übrigen Aufnahmen als auch das Finale kann ich mir abschminken. Und das nur, weil ich mich unprofessionell verhalten habe.

Hilflose Verzweiflung frisst sich wie Säure durch meinen Bauch. Ich wünschte, ich könnte meine Worte zurücknehmen, wünschte ich könnte die Zeit zurückdrehen und erst gar nicht ins Studio gehen. Doch so läuft das nicht. Was geschehen ist, ist geschehen. Mein Magen verkrampft sich.

Toll gemacht, Emma, denke ich sarkastisch. *Du hast an einem einzigen Abend deine komplette Zukunft zerstört.*

Niedergeschlagen gehe ich nach Hause.

In dieser Nacht träume ich von Männerhänden, die mich unter Wasser drücken, einem fenster- und türenlosen Raum, in den man mich sperrt und vom Grab meines Vaters. Ich stehe weinend davor, als sich die Erde unter dem Grabstein zu bewegen beginnt. Eine Hand schiebt sich daraus hervor. Voller Entsetzen starre ich sie an und verfolge, wie sich niemand geringerer als Martha Sterling, meine Mom, aus dem Grab erhebt. Ihre Kleider und das blonde Haar sind schmutzverkrustet. Sie streckt eine gekrümmte Hand nach mir aus. Ich will davonlaufen, doch meine Beine sind wie gelähmt. In dem Moment, als sich ihre kalten Finger um mein Fußgelenk schließen, fahre ich schreiend aus meinem Traum auf.

Schweißgebadet und nach Atem ringend sitze ich im Bett.

Was für eine Nacht …

Das iPhone, das ich von Alexander habe, klingelt. Ich hebe es vom Nachttisch. Eine unbekannte Nummer ruft an.

„Hallo?“, gehe ich ran.

„Miss Sterling?“, erkundigt sich eine Frau. Im Hintergrund höre ich aufgebrachte Stimmen.

„Ja?“

„Mein Name ist Suzanna White. Ich rufe wegen der Hochzeit meiner Schwester an.“

Hochzeit? Schwester?

Mein alptraumgequältes Gehirn braucht einen Moment, um in die Gänge zu kommen.

Aber natürlich! Sie ist die Trauzeugin von Abigail White, der Braut auf deren Hochzeit ich heute singen soll.

Ein Klirren im Hintergrund. Es klingt, als würde jemand mit Geschirr schmeißen.

„Abby, bitte, hör auf damit und stell die Vase hin“, kommt es vom anderen Ende der Leitung. „Das bringt doch nichts, du …“

Klirr!

Oje, ich ahne was los ist. „Was kann ich für Sie tun, Suzanna?“, frage ich dennoch.

„Ja … ähm, also, es geht um die Hochzeit. Sie ist abgesagt.“

Das hatte ich befürchtet.

„Elender Mistkerl!“, höre ich Abby kreischen, während Suzanna sich verlegen räuspert.

„Tut mir leid, dass ich so kurzfristig absage“, entschuldigt sie sich, während ich mir ein Seufzen verbeiße.

„Nein, schon gut, ist halb so schlimm“, sage ich, was gelogen ist.

„Danke für Ihr Verständnis. Abby, jetzt reicht es aber! Stell den Fernseher zurück ...“ Suzanna legt auf und ich sinke niedergeschlagen zurück aufs Bett.

Arme Abby. Als ich neulich mit ihr die Songliste durchgegangen bin, hat mich ihr Verlobter mit Blicken ausgezogen. Ich kann mir vorstellen, warum sie die Hochzeit hat platzen lassen.

Männer ...

Mein grummelnder Bauch erinnert mich daran, dass ich gestern ohne Abendessen zu Bett gegangen bin. Ich stehe auf und gehe in die Küche. Bis auf ein angebrochenes Glas Mayonnaise ist mein Kühlschrank leer. Kurz überlege ich, mir ein paar Löffel von dem fettigen Zeug reinzuschaufeln, bringe es aber nicht über mich. Stattdessen steige ich unter die Dusche. Nachdem ich mir gestern von meinem letzten Geld eine Packung Antibabypillen gekauft habe, bin ich bis auf den letzten Cent abgebrannt. Würde ich das Zeug nicht brauchen, weil ich sonst bei meiner Periode vor Krämpfen an die Decke gehe, würde ich schon längst darauf pfeifen.

Die Stirn an die geflieste Wand gelegt stehe ich da und möchte schreien vor Frust. Die White Hochzeit hätte mir fünfhundert Dollar eingebracht. Außerdem hätte ich mich am Buffet bedienen dürfen. Ich seufze.

Und nun?

Das Video, das ich auf Insta und TikTok geteilt habe, kommt zwar super an, füllt aber nicht meinen hungrigen Bauch. Bis ich genug Reichweite und

Impressionen habe, um einen Werbeauftrag an Land zu ziehen, dauert es noch.

Tja, dann muss wohl mal wieder Plan B her.

B wie Broadway Junction. Ich hasse es, in dieser U-Bahn-Station zu singen. Neulich hat mir einer der Penner dort meine Handtasche geklaut und vor einem Monat hat mich ein Junky belästigt. Er hat behauptet, das Geld in meinem Gitarrenkoffer würde ihm gehören, und dass ich es ihm im Schlaf gestohlen hätte. Der Kerl war total neben der Spur und hat mich mit einem Messer bedroht. Unter anderen Umständen würde ich in den Central Park oder zum Times Square gehen. Aber, ob man es glaubt oder nicht, die meisten Touristen sind geiziger als die Einheimischen. Wenn ich in den nächsten Tagen etwas zu essen haben will, muss ich also auf Plan B zurückgreifen.

In einem langen Sommerkleid mit breitem Ledergürtel und meinem Fedora auf dem Kopf, mache ich mich wenig später auf den Weg.

Es ist neun Uhr morgens, als ich an der Broadway Junction ankomme. Da ich die besten Chancen vorne am Bahnsteig habe, mache ich mich vor einer der Säulen dort breit. Ich hänge meine Gitarre um, stelle ihren Koffer wie einen Spendentopf vor mich und lege los.

„In the quiet of the morning, with the dawn's first light", stimme ich den Song an, den ich einst für meinen Dad geschrieben habe.

Zu meinem Verdruss geht der Tag genauso mies weiter, wie er begonnen hat. Bis zwei Uhr nachmittags habe ich gerade mal sieben Dollar und einen Penny eingenommen. Mein Magen knurrt inzwischen wie ein Rudel hungriger Wölfe. Am liebsten würde ich nach Hause gehen, mich im Bett verkriechen, mir die Decke über den Kopf ziehen und warten, bis dieser elende Tag endlich vorbei ist. Doch bevor ich nicht wenigstens fünfzig Dollar verdient habe, ist das nicht drin. Also singe ich lustlos weiter. Die Stunden ziehen sich zäh wie Karamell.

Gegen halb fünf habe ich etwas über zwanzig Dollar zusammen. Das ist nichts, aber ich hoffe auf die Rushhour, die bald darauf beginnt. Die U-Bahn-Station füllt sich und der Lärmpegel steigt. Ich gebe alles, um mit meiner Stimme auch die Leute weiter hinten zu erreichen.

Ein Kerl in einem Blaumann und ranzigem Basecap, der vorbeikommt, bleibt stehen und mustert mich.

„You whisper promises into the night, so delicate and sure", singe ich woraufhin er eine Reihe verschachtelter Zähne in einem schmutzigen Grinsen zeigt. Sein Blick wandert an mir hinab. Ich wende mich ab und lächle dankbar eine junge Frau an, die einen Dollar in meinen Gitarrenkoffer wirft.

"Your breath on my skin, a tender lure I can't ignore", singe ich, woraufhin der Typ im Blaumann näherkommt.

„Dein Atem auf meiner Haut, ein sanfter Lockruf, dem ich nicht widerstehen kann?“, wiederholt er meinen Text. „Scheiße ja, Schnecke, deinem Atem auf meiner Haut könnte ich bestimmt nicht widerstehen.“ Wieder zeigt er sein schmutziges Lächeln und ich rücke angewidert ab. „Was denn? Bist du etwa schüchtern?“

„Zieh Leine“, knurre ich, ohne mein Gittarenspiel zu unterbrechen.

„Warum so biestig? Ich will doch bloß ein bisschen Spaß. Und ich bin sicher, du auch.“ Mit diesen Worten legt er mir eine Hand an den Hintern.

„Verpiss dich!“, fahre ich ihn an und klatsche sie

weg. Doch mein Ärger und meine Worte prallen an ihm ab, wie Wasser von einem Regenschirm.

„Du bist ja eine richtige kleine Wildkatze", sagt er, während ich mir den Gurt meiner Gitarre über den Kopf ziehe. Von meinen letzten Besuchen hier, weiß ich, dass es nichts bringt, mich nach Hilfe umzusehen. Den Leuten ist egal, was um sie herum passiert, solange sie nicht selbst betroffen sind. Deshalb gibt es nur eines, was ich jetzt tun kann, nämlich verschwinden.

„Wie siehts aus, zeigst du mir noch mehr von deiner hübschen blassen Haut", lässt der Kerl nicht locker und fasst an den Träger meines Kleids, zieht ihn mir über die Schulter.

„Lass mich in Ruhe", fauche ich und versuche mich zu befreien.

„Na, na, jetzt stell dich mal nicht so ... uff." Er bricht mitten im Satz ab. Von einer Sekunde auf die andere wird der Kerl von mir weggerissen. Ein Ruck fährt durch meine Schulter und mein Träger reißt entzwei. Alles geht so schnell, dass ich nicht kapiere, was geschieht. Erst als ich mich umdrehe, sehe ich, was los ist. Ich traue meinen Augen nicht. Da, kaum einen Meter entfernt, steht Alexander Channing. Er hat dem Kerl, der mich belästigt hat, einen Arm auf den Rücken gedreht und hält ihn am Genick gepackt.

„Bist du taub", zischt er, „sie hat gesagt, du sollst sie in Ruhe lassen."

„Aua, verdammt!" Der Blaumannkerl versucht sich aus Alexanders Griff zu befreien. Vergebens. Zappelnd hängt er wie ein Fisch am Haken. „Lass mich los", jammert er.

„Typen wie du, widern mich an", knurrt Alexander und stößt ihn von sich.

„Arschloch", faucht der Typ und funkelt uns

wütend unter seinem Cap hervor an. Einen Moment lang scheint er zu überlegen, ob es die Sache wert ist, dann nimmt er die Beine in die Hände und läuft davon.

Gott sei Dank.

Meine Schultern sinken erleichtert herab, ehe ich mich Alexander zuwende. Mit seinen teuren Schuhen, dem Maßanzug und perfekt gestylten Haar, ist er hier unten so fehl am Platz, wie ein Pinguin in der Sahara.

„Was tust du hier?“, will ich wissen.

„Nein, die Frage ist, was du hier tust“, donnert er, während sich zwischen seinen Brauen eine Zornesfalte in die Stirn gräbt.

„Nach was sieht es für dich aus? Ich versuche Geld zu verdienen“, antworte ich gereizt und kehre ihm den Rücken zu. Obwohl es mir immer noch unangenehm ist, dass ich ihm gestern ein *fick dich* an den Kopf geknallt habe, bin ich nach wie vor wütend auf ihn. Er hat mich glauben lassen ich sei seine Favoritin, nur um mich ins Bett zu bekommen.

„Nicht so schnell“, hält er mich zurück und sein dominanter Tonfall schickt eine Gänsehaut über meine Arme. Ich schlucke das Prickeln, das in meiner Kehle erwacht hinunter und drehe mich zu ihm um.

„Was willst du?“, fauche ich.

Alexander kommt näher und bleibt so dicht vor mir stehen, dass ich winzige blaue Sprenkel in seinen stahlgrauen Augen erkennen kann.

„Wir haben eine Abmachung“, erinnert er mich, den eisigen Blick auf mich gesenkt. „Du hast versprochen, auf dich achtzugeben.“

Wie bitte? Denkt er allen Ernstes, dass unsere Abmachung nach seiner Aktion gestern noch gilt?

Ich öffne den Mund, will ihm sagen, dass er sich zum Teufel scheren soll, doch dann wird mir klar, was das bedeutet. Trotz meiner Beleidigung hat mich Alexander nicht abgeschrieben. Das heißt, dass ich noch im Rennen bin und eine Chance auf das Finale habe.

„Alexander Channing?“ Eine Frau Ende vierzig, mit feuerrot geschminkten Lippen bleibt neben uns stehen. Sie sieht ihn unsicher an. Plötzlich weiten sich ihre Augen. „O mein Gott, ich glaube es nicht, Sie sind es! Sie sind es wirklich!“ In ihrer Tasche kramend eilt sie zu uns. „Wären Sie so nett und machen ein Selfie mit mir?“ Die Frau drängt mich beiseite und rückt dem Millionär auf die Pelle. „Das ist so aufregend!“, quiekt sie und macht damit einige andere U-Bahn-Fahrer auf sich aufmerksam.

„Ist er es wirklich?“, höre ich eine Frau hinter mir fragen.

„Und wie er das ist! Ich fasse es nicht, Alexander!“

Innerhalb von Sekunden drängen weitere Leute zu uns.

„Mr. Channing, kann ich ein Autogramm haben?“

„Kann ich ein Foto haben?“

„Weg da, du stehst im Weg!“ Ein schlaksiger Kerl mit krummer Nase und fliehender Stirn drängt mich zur Seite.

Ich sehe, wie sich Alexander nach mir umsieht. Unsere Blicke kreuzen sich, ehe ich von der Menge weiter nach hinten und in Richtung Gleis geschoben werde.

Ein hünenhafter Kerl im Anzug, der zusammen mit Sophie etwas Abseits steht, greift ein. Er bahnt sich einen Weg zu Alexander und drängt die Meute, und damit auch mich, zurück.

„Nein, bitte“, keuche ich, als ich über die Sicherheitslinie zum Gleis gedrängt werde. Das Signalhorn der herannahenden U-Bahn jagt mir vor Schreck einen

Stich durchs Herz. Ich lege dem breitschultrigen Kerl vor mir die Hände auf den Rücken, versuche ihn aus dem Weg zu schieben.

„Was soll das? Verzieh dich", mault er und als ich nicht aufgebe, stößt er mir den Ellbogen in den Magen. Mit einem Uff entweicht Luft aus meinen Lungen. Ich taumle zurück. Mein linker Fuß tritt auf die Bahnsteigkannte. Panik peitscht durch meinen Körper, als ich drohe das Gleichgewicht zu verlieren. Geistesgegenwertig lasse ich meine Gitarre fallen, reiße die Arme hoch und rudere durch die Luft. Wie durch ein Wunder gelingt es mir auf den Beinen zu bleiben und im letzten Moment einen Schritt nach vorn zu machen. Einen Wimpernschlag später vernehme ich ein hölzernes Krachen, als die Bahn hinter mir einfährt. Mit rasendem Herz stütze ich mich mit den Händen auf die Knie.

Großer Gott war das knapp.

Ich werfe einen Blick über die Schulter auf einen der silbergrauen Wagen, der stehen bleibt und aus dem Leute aussteigen.

Ich hätte tot sein können …

Diese Erkenntnis gepaart mit meinem leeren Magen lässt meinen Kreislauf verrücktspielen. Weiße Punkte platzen vor meinen Augen und das Stimmenmeer um mich herum verläuft zu einer unverständlichen Suppe.

Ganz ruhig, Emma, es ist nichts passiert, rede ich mir im Stillen zu. Es dauert einen Moment, bis ich mich beruhige. Als ich mich aufrichte, fährt die U-Bahn aus der Station. Mit einem flauen Gefühl im Bauch streiche ich mir meine Locken aus der Stirn. Und dann sehe ich sie, meine Gitarre. Sie ist aufs Gleis gefallen und wurde vom Zug erfasst. Der Korpus ist in eine Million Stücke zerschellt.

„Nein, bitte nicht", sage ich entsetzt.

Der Gitarrenhals liegt unversehrt zwischen den Gleisen. Ich will hinabsteigen, ihn holen, doch da packt mich jemand am Arm.

Ich drehe den Kopf und sehe in Alexanders stahlgraue Augen. „Was soll das, was tust du da?", fragt er entsetzt.

„Ich muss sie holen", krächze ich mit einer Stimme, die fremd und so gar nicht nach mir klingt. Meine Sicht verschwimmt und mir wird klar, dass mir Tränen übers Gesicht strömen. „Lass mich!" Vergeblich versuche ich mich aus seinem Griff zu befreien.

„Nein. Du wirst da nicht hinuntersteigen. Das ist zu gefährlich."

„Ist mir egal!" Ich versuche seine Finger zu lösen, doch sie liegen fest wie ein Schraubstock um meinen Arm.

„Aber mir nicht", knurrt er mit warnender Stimme.

„Verdammt, Alexander, lass mich los. Ich will ..." Der Rest meiner Worte bleibt mir im Hals stecken, als ein Expresszug an uns vorbeirauscht. Der Windstoß reißt mir den Hut vom Kopf. Ich kann die Kraft des Zuges spüren. Der Boden vibriert unter meinen Füßen. Stocksteif stehe ich da, während das Ding an uns vorbei donnert. Als der Zug aus der Station fährt und seine roten Rücklichter im Tunnel verschwinden, weicht die Anspannung aus meinem Körper. Meine Wut löst sich auf und zurück bleibt pure Verzweiflung. Weinend hebe ich den Kopf und suche Alexanders Blick.

„Du hast alles zerstört", sage ich schluchzend. Seine Brauen zucken zusammen.

„Emma ..."

„Nein." Erneut versuche ich mich aus seinem Griff zu lösen und diesmal gibt er mich frei. „Such dir einen anderen Favoriten. Ich will nichts mehr mit dir zu tun haben.“ Mit diesen Worten lasse ich ihn stehen, schnappe meinen Hut und den Gitarrenkoffer und gehe nach Hause.

„Wow, er hat dir das Leben gerettet“, schwärmt Maddie, in deren Küche ich eine Stunde später mit Eli im Arm stehe. Den Kleinen trostsuchend an mich geschmiegt wiege ich ihn.

„Gerettet? Er hat mein Leben zerstört!“, verbessere ich. „Wie soll ich ohne Gitarre Geld verdienen?“ Ich zucke hilflos mit den Schultern. „Das wars, jetzt muss ich endgültig zurück nach ...“

„Kommt nicht infrage!“, fällt sie mir ins Wort. „So schnell geben wir nicht auf. Du brauchst eine Gitarre? Bitte, dann kaufe ich dir eine“, sagt sie und zeigt mit der Schöpfkelle, die sie von der Wand hinter dem Herd nimmt, auf mich.

„Keine Chance! Schon vergessen, dein Auto hat heute Vormittag den Geist aufgegeben“, erinnere ich sie.

„Na und? Liam und ich haben ein bisschen was gespart. Das reicht für die Reparatur und deine Gitarre“, sagt sie, schnappt sich einen Teller und schöpft eine Portion Spaghetti Bolognese für mich.

„Ich weiß deine Großzügigkeit zu schätzen, Maddie, aber das kann ich nicht annehmen.“

„Und wie du das kannst“, beharrt sie und stellt den Teller auf den Küchentisch. „Aber jetzt setz dich erst mal und iss.“

Mit einem Seufzen gebe ich ihr den Säugling, der in meinen Armen eingeschlafen ist und setze mich. Den ganzen Tag über hat mein Magen wie verrückt geknurrt.

Doch nach dem Zwischenfall in der U-Bahn ist mir der Hunger vergangen.

Niedergeschlagen drehe ich eine Gabel voll Spaghetti auf und schiebe sie mir in den Mund. Die Nudeln schmecken köstlich. Maddie ist eine gute Köchin.

„Ich lege Eli in sein Bettchen. Bin gleich wieder da“, sagt sie und verlässt die Küche. Während ich ein paar weitere Bissen nehme, wandern meine Gedanken zurück an den Bahnsteig. Neue Tränen treten mir in die Augen, als ich an meine Gitarre denke. Sie war so viel mehr für mich als ein Instrument, sie war wie eine treue Begleiterin und mein liebstes Andenken.

Ein Klopfen an der Haustür erregt meine Aufmerksamkeit. Ich höre Maddie die Kinderzimmertür schließen und durch das Wohnzimmer gehen.

„Ja, bitte? Oh, Sie sind es.“

Ich ziehe die Brauen zusammen. *Sie sind es?*

„Emma? Ja, die ist hier. Kommen Sie doch rein.“

Ich stehe auf und gehe zur Tür. Im Wohnzimmer entdecke ich Maddie mit Alexanders Assistentin.

„Sophie?“, sage ich überrascht. „Was tun Sie denn hier?“

„Guten Abend, Miss Sterling. Ich bin hier, um Sie abzuholen.“

„Mich abholen? Ich verstehe nicht ...“

„Wenn Sie mir bitte folgen würden? Mr. Channing erwartet Sie.“

Maddie wendet sich mir zu. Eine Hand auf die Brust gedrückt formt sie mit den Lippen ein stummes *O mein Gott!* Ihre Augen sprühen vor Aufregung.

„Tut mir leid, aber ich habe keine Zeit“, sage ich und verschränke die Arme vor der Brust.

„So ein Quatsch!“ Mit wenigen Schritten ist meine

Freundin an meiner Seite. „Natürlich hat sie Zeit“, versichert sie, legt mir eine Hand in den Rücken und schiebt mich zur Tür.

„Maddie“, zische ich wütend.

„Jetzt stell dich nicht so an“, raunt sie mit einem aufgesetzten Lächeln und durch geschlossene Zähen. „Der Mann hat dir das Leben gerettet.“

„Na und?“

„Da kannst du dir wenigstens anhören, was er zu sagen hat.“

„Ist mir egal, was er zu sagen hat.“

„Vielleicht will er sich ja entschuldigen.“

„Eine Entschuldigung bringt meine Gitarre nicht zurück.“

Maddie schnalzt ärgerlich mit der Zunge. „Jetzt sei nicht so stur und gib dem Mann eine Chance.“

Ich seufze, weiß, dass sie keine Ruhe geben wird, ehe ich mitgehe. „Meinetwegen“, brumme ich, woraufhin Sophie die Tür für mich öffnet. Ich trete ins Freie und als mein Blick auf die Limousine fällt, die unten vor dem Bürgersteig steht, erwacht – ob ich will oder nicht – in meinem Bauch ein Flattern.

10
ALEXANDER

„Sir?" Knox, mein Bodyguard tritt von hinten an mich heran. „Sie ist hier."

„Danke", sage ich, gehe an ihm vorbei und hinaus in die Galerie. Die Hände auf den Geländerlauf legend, schaue ich hinunter in den Verkaufsraum. Emma ist gerade zur Tür hereingekommen und sieht sich interessiert im Musikladen um. Sie trägt noch immer dasselbe Outfit, das sie in der U-Bahn-Station anhatte – das Sommerkleid mit dem breiten Gürtel, der ihre kurvige Figur betont. Der Träger wurde wieder angenäht, und den Hut hat sie weggelassen.

„Ah, Miss Sterling." Mitchel, der Geschäftsführer nimmt sie in Empfang. „Willkommen im *Sound Masters*. Mein Name ist Mitchel Handers."

„Freut mich."

Die beiden schütteln einander die Hände.

„Mir wurde gesagt, dass ich erwartet werde."

„Ja. Mr. Channing ist leider verhindert. Er hat mich gebeten, mich um Sie zu kümmern."

„Verstehe." Die Enttäuschung in Emmas Stimme entlockt mir ein Grinsen.

„Darf ich Ihnen etwas zu trinken anbieten bevor wir anfangen? Einen Kaffee, ein Glas Orangensaft oder Sekt?“

„Nein, danke. Augenblick. Anfangen? Womit?“

Mitchel setzt sein professionelles Lächeln auf. „Damit, die richtige Gitarre für Sie zu finden. Wir führen hier exklusive Modelle von Martin, Gibson und Taylor, bis hin zu seltenen Vintage-Stücken.“

„Warten Sie. Wir sollen eine Gitarre finden ... für mich?“

Mitchel, der sich bereits in die besagte Abteilung aufmacht, bleibt stehen. „Ja. Mr. Channing möchte, dass Sie sich aussuchen, was immer Sie wollen.“

„Das ist ... der Kerl ist unfassbar“, sagt sie und legt die Hände in die Hüften.

„Wenn Sie mir bitte folgen würden?“

Emma zögert, gibt sich dann jedoch einen Ruck. Sie begleitet Mitchel zu den akustischen Gitarren und lässt sich eine Weile die beliebtesten Modelle zeigen.

„Nein, wissen Sie was, ich kann das nicht“, sagt sie plötzlich, woraufhin ich mich in Bewegung setze und die Treppe ansteuere.

„Das ist falsch“, höre ich sie sagen, als ich nach unten gehe.

„Miss Sterling, bitte, bleiben Sie.“

„Tut mir leid, Mr. Handers. Sagen Sie Alexander, dass ich seine Großzügigkeit zu schätzen weiß, aber ...“

„Aber was?“, unterbreche ich sie. Emma, die mir den Rücken gekehrt hat, erschrickt durch meine Stimme. Mit einem wütenden Funkeln in den Augen dreht sie sich zu mir um.

„Danke, Mitchel“, wende ich mich an den Geschäftsführer und bedeute ihm zu gehen. Während er nickt und in Richtung Hinterausgang verschwindet, sehe ich Emma fest an. „Also?“, sage ich schließlich. „Wo liegt das Problem? Wieso lässt du mich dir keine Gitarre schenken?“ Die Hände in die Hosentaschen schiebend, nehme ich die letzte Stufe und gehe auf sie zu.

„Weil ich nicht käuflich bin.“

Ich lache auf. „Du denkst ich habe es nötig, dich zu kaufen?“

Sie reckt herausfordernd das Kinn. „Nachdem ich deine Einladung mit der Schlüsselkarte ausgeschlagen und dich im Tonstudio habe abblitzen lassen, ja.“

Ich bleibe so dicht vor ihr stehen, dass mir ihr Vanilleduft in die Nase steigt. Tough hält sie meinem Blick stand, doch ich sehe, wie der Puls an ihrem Hals pocht und sich ihre Pupillen weiten.

Ein Grinsen überzieht meine Lippen. „Rede dir ruhig ein, dass da nichts zwischen uns ist.“ Ich beuge mich zu ihr, bringe mein Gesicht dicht vor das ihre. „Aber mir machst du nichts vor. Ich sehe, das Verlangen, das deine Augen verdunkelt. Gib es zu, du begehrst mich genauso, wie ich dich.“

„Davon träumst du“, zischt sie und sieht streitlustig zwischen meinen Augen hin und her.

„Ach ja?“ Ich dränge sie mit dem Rücken zwischen den Gitarren gegen die Wand. Emma will sich befreien, doch ich bin schneller, nagle sie mit meinem Körper und den Händen, die ich links und rechts neben ihr abstützte, fest.

„Was soll das? Lass mich gehen!“

„Nicht, ehe du zugibst, dass du mich willst.“

„Ich weiß nicht, wie du auf die Idee kommst, ich könnte irgendetwas von dir wollen“, faucht sie. „Du ...“ Die restlichen Worte bleiben ihr im Hals stecken, als ich eine Hand zwischen ihre Schenkel lege.

„Ja?“, raune ich und schiebe sie langsam höher. „Was wolltest du sagen, Babydoll?“

„Ich …“ Sie versteift sich, als meine Hand auf ihre Mitte trifft. Wie gestern im Tonstudio, kann ich ihre feuchte Hitze durch den Stoff spüren. Langsam und Stück für Stück nehme ich das Kleid hoch, ohne den Blick von Emmas Augen abzuwenden. Ihr Kobaltblau ist inzwischen dunkel wie Schiefer. Aus dem Augenwinkel heraus, sehe ich, wie sich ihr Brustkorb unter nervösen Atemzügen hebt und senkt. Ein zittriger Laut entweicht ihr, als ich den Saum erreiche und meine Hand unter den Stoff schiebe.

„Fuck!“, knurre ich, als ich auf ihren Slip stoße. „Sag mir, wie kann es sein, dass du tropfnass bist, wo du mich doch nicht begehrst?“ Ich tauche meine Hand in ihr Höschen, streichle über ihre glattrasierte Pussy.

Emma keucht. „Alexander, bitte.“

Ich beuge mich näher zu ihr, bringe meine Lippen dicht vor ihr Ohr. „Bitte was?“

Sie erschauert, als ich mit der Zungenspitze ihre Ohrmuschel nachzeichne.

„Willst du, dass ich aufhöre?“, raune ich, während ich ihre Schamlippen mit den Fingern teile. Sie schluckt, antwortet jedoch nicht. Ich richte mich auf, schaue sie an. „Das dachte ich mir.“

Langsam tauche ich zwei Finger in sie. Ein Keuchen entweicht ihren rosigen Lippen, ehe sie flatternd die Wimpern senkt. Emma legt den Kopf zurück gegen die Wand. Ich winkle die Finger an, kreise um ihren G-Punkt. Auf ihren ebenmäßigen Gesichtszügen zeichnet sich Verlangen ab. Sie beginnt das Becken auf meiner Hand zu kreisen.

„Verdammt“, knurre ich, als mir ihre Lust warm und feucht über die Hand läuft. Meine Stimme lässt

Emma die Lider heben. Ihre Augen wirken wie verschleiert. Sie blinzelt, scheint einen Moment zu brauchen, um zu begreifen, was sie da tut. Dann schüttelt sie den Kopf und zieht meine Hand aus ihrem Schritt.

„Das hättest du nicht tun sollen", sagt sie atemlos, rückt ihr Kleid zurecht und geht in Richtung Ausgang.

Mit wenigen Schritten hole ich sie ein und stelle mich ihr in den Weg. „Warum nicht?"

„Weil ich kein Spielzeug bin." Sie versucht mich erfolglos beiseitezuschieben.

„Wer sagt, dass du ein Spielzeug für mich bist?", frage ich mit rauer Stimme und dränge sie tiefer in den Laden.

„Ich meine es ernst, Alexander." Ungestillte Lust schimmert in ihren Augen. „Ich werde nicht die Beine für dich spreizen, nur weil dir danach ist."

„Bist du sicher?"

Den Blick in meinen gebohrt, weicht sie zurück um die Ecke – dorthin, wo die Schlagzeuge stehen.

„Bin ich", beharrt sie und will an mir vorbei, da packe ich sie am Genick und drücke sie mit der Brust voran gegen die Wand.

„Dann sag es", verlange ich, „sag, dass du mich nicht willst, und ich werde dich gehen lassen." Ich dränge mich an sie, lasse sie meinen Steifen spüren. Die Nase in Emmas Haar vergraben, sauge ich ihren Duft in mich auf.

„Alexander …" Sie atmet zittrig aus, als ich mit der freien Hand das Kleid hochnehme und ihren Hintern freilege.

„Du machst mich verrückt", raune ich, „ich will dich so sehr, dass es schmerzt."

Sie erschauert, als ich den Knopf meiner Hosen öffne und den Reißverschluss hörbar hinunterziehe.

Prall und lang hole ich mein bestes Stück hervor, lasse den Schaft durch meine hohle Hand gleiten.

Emma hat die Hände und das Gesicht flach an die Wand gelegt. Ihre Wange ist gerötet und die Lippen sind leicht geöffnet.

„Also?", dränge ich sie und fahre mit meiner Eichel über ihre nackte Haut entlang des Höschens. „Ich warte." Mir auf die Lippe beißend richte ich mich auf und sehe zu wie meine Spitze über ihren cremeweißen Hintern streicht.

Ich habe vor, Emma eine Lektion zu erteilen. Für die Beleidigung gestern im Tonstudio und dafür, dass sie mich mit geschwollenen Eiern hat sitzen lassen. Ich werde dafür sorgen, dass sie vor Verlagen vergeht. Sie soll sich nach mir verzehren, mich anflehen, sie zu vögeln. Und dann, wenn ihre Lust auf dem Zenit ist, werde ich von ihr ablassen.

„Du hast dich in meinem Kopf festgesetzt", sage ich vorwurfsvoll, schiebe ihren Slip beiseite und lege ihre Pussy frei. „Seit unserer ersten Begegnung, muss ich ständig an dich denken." Meinen Schwanz in der Hand streiche ich mit dessen Spitze zwischen ihren Pobacken hinab.

„Bitte", entweicht es Emma, als ich meine Eichel durch ihre Schamlippen ziehe.

Gott, sie ist so verlockend warm und feucht.

„Bitte, was?" Ich löse die Hand von ihrem Genick und fasse in ihre Locken. Mein Schwanz zuckt. Der Anblick ist zu geil. Ich will nichts sehnlicher, als mich in Emmas Pussy zu vergraben, doch ich beherrsche mich. Stattdessen beuge ich mich erneut zu ihr und bringe meine Lippen dicht vor ihr Ohr. „Du willst, dass ich aufhöre? Dann sag es", raune ich und reize sie, in dem ich meine Spitze ein winziges Stück zwischen ihre

Schamlippen tauche. Emma wimmert und ich triumphiere innerlich.

„Sag es“, verlange ich, den Blick auf ihre Lippen gesenkt.

„Ich …“

„Ja?“ Ich beuge mich vor schiebe meine Zunge in ihren leicht geöffneten Mund. Ich will sie weiter reizen, sie um den Verstand bringen. Doch in dem Moment, da unsere Zungen einander begegnen, dreht Emma den Spieß um. Sie lässt ihre Zunge um die meine kreisen und küsst mich mit einer solchen Inbrunst, dass ein scharfes Ziehen durch meine Hoden fährt.

Fuck.

Mein Schwanz zuckt an ihrem Eingang. Emma drückt den Rücken durch, reckt mir ihren Hintern entgegen. Ich reiße mich zusammen, will sie erneut mit meinem Schwanz necken, als sie in meinen Mund stöhnt. Der Laut läuft warm und verlockend meine Kehle hinab. Er ist durch und durch lustgeschwängert und legt in mir einen imaginären Schalter um. Von einem Moment auf den anderen verliere ich die Beherrschung. Ich schaffe es nicht länger mich zurückzuhalten, packe Emmas Hüften und treibe meinen Schwanz tief in sie. Sie keucht und wirft den Kopf in den Nacken.

Gott fühlt sich die Kleine gut an.

Während ich mit begierigen Stößen in sie zu pumpen beginne, kratzt sie mit den Fingernägeln über die Wand. Emmas Pussy ist unvergleichlich. Sie ist eng, heiß und wie für meinen Schwanz gemacht. Mit jedem Mal da ich mich in sie schiebe, will ich mehr, will noch tiefer in ihr sein.

Verdammt, ich hatte in meinem Leben schon viele Frauen, aber das …

Ich fühle, wie sich ihre Muskeln um mich herum anspannen, wie sie meinen Schaft umschlingen und massieren. Ich stoße härter in sie, bin innerhalb kurzer Zeit wie im Rausch. Dass Emma sich selbst zwischen die Beine fasst, bekomme ich nur am Rande mit. Immer schneller und begieriger stoße ich in sie. Ihr heiseres Keuchen mischt sich unter das Klatschen unserer Körper.

„Härter", verlangt sie bald darauf und als ich mich grob und bis zum Anschlag in sie treibe, schreit sie meinen Namen. Emma erschauert. Sie kommen zu sehen, gibt mir den Rest. Zwei, drei Mal pumpe ich noch in sie, ehe ich von einem alles verändernden Orgasmus mitgerissen werde und mich tief in ihr ergieße. Die Welt um mich herum hat aufgehört zu existieren. Alles, was ich wahrnehme, ist mein pumpender Schwanz und Emmas unvergleichliche Pussy. Es dauert einen Moment, bis ich wieder bei mir bin.

Verschwitzt und atemlos stehen wir an der Wand. Obwohl ich gekommen bin, will ich mich nicht aus Emma zurückziehen. Zu gut fühlt es sich an noch immer in ihr zu sein. Ich begreife, dass diese Frau mir ernsthaft gefährlich werden könnte, denn sie birgt ein unberechenbares Suchtpotenzial.

Widerwillig löse ich mich schließlich aus ihr und lasse zu, dass sie sich zu mir umdreht. Doch ich bleibe dicht bei ihr stehen, als ich meine Hose hochziehe und sie ihr Kleid zurechtrückt.

„Du bist kein Spielzeug", sage ich eindringlich. Mein Herz zieht sich zusammen, als sie unter ihren langen Wimpern zu mir aufsieht. In ihren Augen – zwei dunklen Gebirgsseen – schimmert Enttäuschung.

„Das ist jetzt ohnehin nicht mehr von Bedeutung. Du hast bekommen, was du wolltest." Emma senkt den

Kopf, weicht meinem Blick aus. „Übrigens, keine Sorge, weil wir nicht verhütet haben. Ich bin gesund und nehme die Pille“, sagt sie mit leiser Stimme. „Also dann.“ Sie will an mir vorbei, doch ich versperre ihr den Weg.

„Was soll das? Wo willst du hin?“

„Nach Hause.“

„Und deine neue Gitarre?“

Nun sieht sie mich doch an und die Missbilligung in ihren Augen gefällt mir nicht. „Du meinst dein Abschiedsgeschenk?“

Ich hebe die Brauen. „Wie bitte?“

„Für wie naiv hältst du mich, Alexander? Die Gitarre war ursprünglich nichts weiter als ein Köder, um mich herzulocken. Nun, da du bekommen hast, was du wolltest, schenkst du mir das Ding. Um was?! Dich besser zu fühlen, wenn du mich abservierst? Weißt du was? Danke aber, nein danke! Ich verzichte auf deine Almosen.“

Unglaublich! „Das siehst du in mir? Ein reiches Arschloch, das sich einen Fick mit dir ein Instrument kosten lässt?“ Fassungslos stoße ich die Luft aus. „Ich habe dich hergebeten, weil ich schuld daran bin, dass deine Gitarre kaputt ist.“ Ein Gefühl, als wäre ich drauf und dran etwas Wichtiges zu verlieren, breitet sich in meiner Brust aus. Der Sex mit Emma hat etwas verändert. Ich kann es selbst nicht in Worte fassen, weiß nur, dass ich die Sache geradebiegen muss. „Und weil mich deine Verzweiflung fertig gemacht hat“, füge ich hinzu. Das ist die Wahrheit. Emma hilflos und mit Tränen in den Augen am Bahnsteig stehen zu sehen, hat mir zugesetzt. Ich bin kein Mensch, der sich was aus den Gefühlen anderer macht … nicht mehr. Aber bei ihr ist es etwas anderes. Vom ersten Moment an, hat der

Lockenkopf etwas in mir berührt, was ich nicht zu erklären vermag.

„Bitte“, sage ich sanft. „Tu mir den Gefallen und lass es mich wieder gutmachen.“

Emma die ihre Arme inzwischen wie einen Schutzschild vor sich verschränkt hat, verlagert ihr Gewicht von einem Fuß auf den anderen. Sie wirkt unschlüssig. Ich deute einladend auf die Gitarrenabteilung.

„Du kannst dir aussuchen, was immer du willst.“

„Na schön“, sagt sie schließlich. „Aber zuvor muss ich auf die Toilette.“

Erleichterung durchströmt mich. „Natürlich.“ Mit einem Lächeln hebe ich die Hand und zeige den Flur hinab. „Die letzte Tür links.“

11
EMMA

Nachdem ich mich auf der Toilette sauber gemacht habe, stehe ich mit den Händen auf das Waschbecken gestützt da und schaue mich im Spiegel an.

„Was zur Hölle hast du getan?“, frage ich mich selbst verzweifelt.

Hitze versengt mein Gesicht und in meinen Augen liegt ein Ausdruck von Fassungslosigkeit.

Wie konnte ich mich nur derart gehen lassen? Jetzt werde ich endgültig alles verlieren.

Ein Kloß aus Verzweiflung wächst in meinem Hals.

Alexander macht mir nichts vor. Die Gitarre ist eine Wiedergutmachung dafür, dass er mich wird fallen lassen. Das war's mit meiner Favoritenposition …

Wütend schüttle ich den Kopf.

Schön. Wenn ich schon alles verliere, dann nehme ich wenigstens sein Geschenk an. Denn mit einer Sache hat er recht: Er hat Schuld daran, dass meine Gitarre zerstört wurde.

Die Schultern gestrafft verlasse ich die Toilette und gehe zurück in den Verkaufsraum. Alexander hat eine der Gitarren von der Wand gehoben. Als er mich entdeckt, zeichnet sich ein Lächeln auf seinem Gesicht ab, das ein warmes Ziehen in meinem Bauch auslöst. Ich verdränge das Gefühl und gehe zu ihm.

„Deine alte war eine Martin D-28, richtig?"

„Ja", bestätige ich.

„Das hier ist das neueste Model."

Ich nehme die Gitarre an mich, die mir Alexander reicht. Ihr Korpus glänzt im Licht. Meine Finger streichen über das glatte Holz. Die Verzierungen am Rand sind filigraner und die Inlays am Hals eleganter eingearbeitet als bei meiner alten Gitarre. Ich schlage die Akkorde an.

Wow, ihr Klang ist vollkommen klar.

„Gefällt sie dir?" Alexander, der mich mit interessiertem Blick misst, hebt eine weitere akustische Gitarre von der Wand. „Das ist eine Martin D-45. Soweit ich weiß, ist sie das Beste, was zurzeit auf dem Markt ist ... Das habe ich mir zumindest von Mitchel sagen lassen. Im Gegensatz zu mir kennt er sich hervorragend mit Gitarren aus."

„Mr. Handers und du, seid ihr zwei Freunde?", frage ich.

„Er ist mein Angestellter."

Ich hebe überrascht die Brauen. „Soll das heißen, dir gehört das *Sound Masters*?"

Alexander schenkt mir ein tausend Watt Lächeln, bei dem meine Beine weich werden. „Das scheint dich zu überraschen", sagt er.

Jetzt wird mir klar, warum ich außerhalb der Öffnungszeiten hier reindarf.

„Mir gehört mehr in New York als du ahnst", sagt er und mir wird bewusst, dass ich keine Ahnung habe, wie mächtig dieser Mann wirklich ist.

Mein Blick fällt auf die Wand. Jede einzelne dieser

Gitarren kostet ein kleines Vermögen. Für mich sind sie unerschwinglich, doch für ihn Peanuts.

„Nur zu", sagt er, „schau dich um, such dir aus, was dir gefällt." Mit diesen Worten setzt er sich auf das Sofa, das neben der Wendeltreppe steht, die in den oberen Bereich führt. Ich tue, was er verlangt, und schaue mir ein Instrument nach dem anderen an, während er mich schweigend beobachtet.

„Deine alte Gitarre", sagt er schließlich, als ich wehmütig nach ihrem Nachfolgermodell greife. „Sie hat dir viel bedeutet, nicht wahr?"

Ich ringe mir ein Lächeln ab. „Sie war das Abschiedsgeschenk meines Grandpas. Als ich zwölf war, waren wir zusammen auf einem Konzert von Buck Carson. Grandpa hatte bei einem Radiogewinnspiel zwei Karten für den Countrysänger gewonnen und da ich die Einzige in unserer Familie war, die sich neben ihm für Musik interessierte, nahm er mich mit." Bei dem Gedanken wird mein Herz schwer. „Es war einer der schönsten Tage in meinem Leben. Wir hatten Plätze in der ersten Reihe. Carson war ein fantastischer Musiker. Er hatte ein Timing und Gefühl wie kein anderer." Versonnen streiche ich über den Gitarrenhals. „Nach dem Konzert wurden wir in den VIP-Bereich gelassen und durften ihn persönlich kennenlernen. Grandpa und er haben sich auf Anhieb verstanden. Wie sich herausstellte hatten beide in Vietnam gedient. Wir blieben bis spät in die Nacht und als wir uns schließlich verabschiedeten, signierte Garson seine Gitarre und schenkte sie Grandpa." Mir wird eng um die Brust und ich lächle traurig. „Auf der Fahrt nach Hause fragte mich Grandpa, ob mir der Abend gefallen hätte. Ich sagte, er wäre wundervoll gewesen und dass ich, wenn ich groß bin, auch eine Sängerin werden und wie

Carson auf der Bühne stehen wolle. Da fuhr er an den Straßenrand, nahm die Gitarre und legte sie mir in den Schoß. Er meinte, er würde sie mir schenken, wenn ich ihm verspräche, dass ich an meinem Traum festhalte. Grandpa war überzeugt, dass in mir ein Talent schlummert. Er hat immer an mich geglaubt ... genauso wie Dad.“ Ich blinzle die Tränen weg, die sich in meine Augen geschlichen haben. „Zwei Tage später hatte Grandpa einen schweren Herzinfarkt.“

„Hat er ihn überlebt?“ Alexander sieht mich mit einer Miene an, die ich nicht zu deuten vermag.

Ich schüttle den Kopf und er steht auf.

„Was ist?“, stutze ich, als er zu mir kommt, mir die Gitarre wegnimmt und sie zurück an die Wand hängt.

„Ich habe genug gehört“, meint er, nimmt meine Hand und führt mich in den hinteren Bereich des Ladens. Verwirrt folge ich ihm durch ein Lager voller Schlagzeuge, E-Gitarren und jede Menge anderer Instrumente zu einer Stahltür, die in einen Hinterhof führt. Dort wartet seine Limousine. Alexander öffnet die Tür für mich.

„Wo wollen wir hin?“, stutze ich.

„Das wirst du schon sehen. Los, steig ein.“

Mit pochendem Herzen sinke ich auf die Rückbank.

Wir fahren in einen Stadtteil von Manhattan, in dem ich noch nie zuvor war. Den Gebäuden nach lebt hier die Elite. Die Limousine biegt in eine von Platanen gesäumte Straße ab, wo wir ein Eisentor erreichen, das sich automatisch öffnet, als wir uns nähern.

„Wow“, entfährt es mir leise, als das Tor den Blick auf ein beeindruckendes Hochhaus freigibt. Das Gebäude ist modern, mit großen Glasfronten, die im Mondlicht glänzen. Der Chauffeur steuert den Wagen durch eine unterirdische Einfahrt in die Tiefgarage und ein privates Abteil. Hier befinden sich neben einem Rolls-Royce, einem feuerroten Maserati und einem nachtschwarzen Ferrari, ein Lexus und ein echter Maybach. Wieder wird mir klar, in was für unterschiedlichen Welten Alexander und ich leben. Während er für fast jeden Wochentag einen anderen Luxusschlitten hat, besitze ich nicht einmal ein Fahrrad, geschweige denn ein Auto.

Alexander steigt aus und reicht mir die Hand. „Darf ich bitten?"

Eingeschüchtert von seinem Reichtum lasse ich mir aus dem Wagen helfen. Er führt mich zu einem verspiegelten Aufzug, der ins Penthouse fährt. Als die Türen aufgleiten, betreten wir ein riesiges Wohnzimmer mit einer Couchlandschaft, die so groß ist, wie mein Schlafzimmer. In die Wand ihr gegenüber ist ein Bildschirm eingelassen. Es ist der größte Flatscreen-Fernseher, den ich je gesehen habe. Ich wette, das Ding ist eine Sonderanfertigung.

„Hier entlang." Alexander führt mich einen Flur hinab an dessen Wänden beleuchtete Gemälde hängen. Er öffnet die Tür am Ende und bittet mich in einen etwa sechzig Quadratmeter großen Raum.

Wow ...

Wir befinden uns in einer Art Galerie. Neben goldenen Schallplatten und anderen Auszeichnungen, die die Wände zieren, entdecke ich die unterschiedlichsten Musikinstrumente. Einige von ihnen stehen auf vergoldeten Ständern andere liegen in maßgefertigten Glasvitrinen. Die Beleuchtung im Raum ist meisterhaft arrangiert, mit Strahlern, die jedes Instrument spezifisch hervorheben und die goldenen Platten in sanftem Glanz erstrahlen lassen.

„Was ist das hier?“, frage ich und schaue mich mit großen Augen um.

„Meine Sammlung.“

„Du sammelst Instrumente?“

Ein halbes Lächeln hebt Alexanders linken Mundwinkel „Ja. Aber nicht irgendwelche, das hier sind besondere Stücke.“ Er geht zu einem Schlagzeug, das vor der Fensterfront steht. „Das ist von Pulse Stix, dem Drummer von …“

„Flight to Sunrise“, sage ich. Ich kenne die Band. Sie stürmt regelmäßig die Charts.

Alexander sinkt in die Hocke und streicht über die Signatur auf der Bass Drum. „Pulse hat es mir nach ihrer ersten Konzerttournee geschenkt.“ Er richtet sich auf und geht zu einem Flügel, der in der Mitte des Raums thront.

„Ist der von Aria Sky?“, frage ich. Aria ist eine der aktuell erfolgreichsten R&B-Künstlerinnen und bei Alexander unter Vertrag.

„Nein. Der Flügel stammt von Elliot DuPon. Er ist ein europäischer Jazzkünstler.“

Ich wusste, dass *Channing Records* sich nicht nur auf eine Musikrichtung spezialisiert hat und breit aufgestellt ist, aber dass sie sogar europäische Künstler vertreten, das überrascht mich dann doch.

„Er hat letztes Jahr den *Polar Music Prize* gewonnen. Das ist die höchste europäische Auszeichnung für einen Musiker. Als Zeichen der Anerkennung schenkte ich ihm einen neuen Flügel.“ Er hebt den hochgestellten Deckel des Klaviers und zeigt mir die Unterschrift auf dessen Innenseite. „Eliott weiß, dass ich Sammler bin. Er signierte seinen alten und schickte ihn mir.“

„Wow, das ist …“

„Beeindruckend?“ Alexander senkt den Deckel und zeigt seine perfekten Zähne in einem Lächeln.

„Das trifft es nicht mal im Ansatz“, sage ich und meine damit nicht nur seine Sammlung. Alexander Channing ist ein faszinierender Mann. Ich habe noch niemanden kennengelernt, der gleichzeitig so charismatisch wie auch einschüchternd ist. Verstohlen lasse ich meinen Blick über seine stattliche Erscheinung gleiten. Das perfekt gestylte Haar, das scharfgeschnittene Gesicht, die stolze Haltung und nicht zu vergessen sein Maßanzug. Alles an diesem Mann schreit nach Macht und Erfolg. Sein Selbstbewusstsein erfüllt den Raum und zieht mich in seinen Bann.

Er ertappt mich dabei, wie ich ihn mustere.

„Also ... hähäm“, räuspere ich mich und zwinge mich, seinem Blick nicht auszuweichen. „Hast du mich deshalb hergebracht? Weil du mir deine Sammlung zeigen wolltest?“

„Nein.“ Er geht an mir vorbei und in den hinteren Bereich des Raums. Hier hängt neben einer goldenen Schallplatte eine akustische Gitarre an der Wand. Ein älteres, aber gut erhaltenes Modell. Als Alexander sie vom Haken nimmt und mir reicht, zieht sich mein Herz schmerzhaft zusammen. Da, auf der Vorderseite des Korpus hat sich ein Künstler verewigt, dessen Unterschrift ich unter tausenden wiedererkennen würde.

„Buck Carson“, sage ich mit erstickter Stimme.

„Er war einer meiner ersten Künstler.“

„Das ist ... wow ...“

„Buck hat mir die Gitarre nach den Aufnahmen von *Blue Haven* überlassen.“

„Das war sein letztes Album.“

„Ja. Damals habe ich mich noch persönlich um die Aufnahmen gekümmert. Buck hatte eine brillante

Stimme, er war ein Ausnahmetalent. Genauso wie du." Alexanders Blick wird sanft. „Behalte die Gitarre."

„W ... was?" Ich bin sicher mich verhört zu haben.

„Ich schenke sie dir."

„Aber ... das geht nicht. Das kann ich nicht!" Ich will sie ihm zurückgeben, doch er weigert sich, sie anzunehmen.

„Und wie du das kannst", beharrt er. „Ich bestehe darauf."

Ergriffen senke ich den Blick auf die Gitarre. Abgesehen von meinem Granpda damals, hat mir nie jemand ein schöneres Geschenk gemacht.

„Ich weiß nicht, was ich sagen soll." Meine Stimme klingt erstickt. „Danke."

„Nicht dafür. Diese Gitarre ist kein Ersatz für die, die du verloren hast. Aber wenigstens stammt sie von Buck Carson."

Mir auf die Lippe beißend nicke ich, fühle mich nicht imstande etwas zu sagen, ohne zu weinen.

„Gut", meint Alexander geschäftig. „Hast du heute noch was geplant?"

Ich schüttle den Kopf.

„Dann komm." Er geht voran zur Tür

Was hat er jetzt wieder vor?

Carsons Gitarre in den Händen folge ich ihm den Flur hinab, durchs Wohnzimmer und in eine Küche, die mich Bauklötze staunen lässt. Sie ist riesig und topmodern eingerichtet. Neben anderen High-End-Küchengeräten entdecke ich eine professionelle Espressomaschine, einen Weinkühlschrank und sogar eine Teppanyaki Grillplatte.

„Unglaublich", staune ich und schaue mich begeistert um, während Alexander eine Flasche Rotwein aus dem Kühlschrank holt. „Deine Küche ist ein Traum."

Er sieht sich unbeeindruckt um. „Sie erfüllt ihren Zweck."

„Erfüllt ihren Zweck?", wiederhole ich fassungslos. „Weißt du, wie viele Gastronomen dich um eine Küche wie diese beneiden würden?"

Alexander lässt meine Frage unbeantwortet und holt zwei Weingläser aus einem der Schränke.

„Lebst du eigentlich allein in diesem riesigen Penthouse?", erkundige ich mich, woraufhin sich seine Miene von einem Moment auf den anderen verfinstert.

„Ja", sagt er und der schneidende Klang seiner Stimme sorgt dafür, dass es mir kalt den Rücken hinabläuft.

Habe ich was Falsches gesagt?

Einen Moment lang steht er einfach nur da und misst mich aus seinen stahlgrauen Augen. Er wirkt unschlüssig. Warum, oder wegen was, kann ich nicht sagen. Ich weiß nur, dass ich mich unwohl fühle und unter seinem Blick wie ein Wurm winden möchte.

„Ein Château Pétrus?" Ich deute auf die Flasche. „Du willst also noch ein Glas Rotwein trinken? Das ist eine gute Idee. Mein Dad war überzeugt, dass Franzosen den besten Wein machen", plappere ich in meiner Nervosität. „Wir hatten ausschließlich französische Weine auf der Karte."

Alexander erwidert nichts. Stattdessen öffnet er die Flasche und geht voran ins Wohnzimmer. Ich fühle mich super unwohl, als ich ihm folge.

„Setz dich", verlangt er und auch wenn seine Stimme an Schärfe verloren hat, lässt mich ihr kühler Klang immer noch frösteln. Die Gitarre wie ein Schild vor mich haltend, setze ich mich auf die gewaltige Couch. Alexander schenkt uns Wein ein und reicht mir eines der Gläser. Doch statt sich zu mir zu gesellen, bleibt er stehen, schiebt eine Hand in seine Hosentasche und misst mich mit ernstem Blick.

„Was ist, habe ich etwas falsches gesagt?", halte ich es nicht länger aus.

„Dein Vater war Gastronom?", übergeht er meine Frage.

„Ja."

„Hast du seinetwegen Gastgewerbemanagement mit Schwerpunkt auf Kulinarik studiert?"

„Woher weißt du, dass mein Schwerpunkt auf Kulinarik lag?" Wut wallt in mir auf. „Stimmt ja, du ziehst es vor, dich über Menschen, die du in Betracht ziehst unter Vertrag zu nehmen, zu informieren." Meine Augen werden schmal. „Wusstest du deshalb, dass ich heute Nachmittag in der U-Bahn war? Spionierst du mir hinterher?" Die Gitarre zur Seite stellend stehe ich auf.

„Das ist keine Spionage", sagt er gelassen und nippt an seinem Wein.

„Wie nennst du es dann?" Ich gehe zu ihm und funkle streitlustig zu ihm auf.

„Eine Vorsichtsmaßnahme. Du bist eine unvernünftige Frau, Emma. Weißt du wie gefährlich es in solchen U-Bahnstationen sein kann?"

Mir klappt der Mund auf. „Das ist deine verdammte Erklärung?", fauche ich.

„Nicht doch, Babydoll. Eine Schönheit wie du sollte nicht fluchen. Das steht dir nicht."

„Ach, nein?" Ich sehe etwas in Alexanders Augen aufblitzen, als ich näher zu ihm trete. „Nun, ich fluche so oft und so lange wie es mir passt. Und dass du es weißt, ich kann es nicht ausstehen, wenn man mir hinterherschnüffelt, oder schlimmer noch, mich kontrolliert. Das hat meine Mom zu lange getan." Letzteres will ich eigentlich nicht sagen. Der Satz stiehlt sich einfach aus meinem Mund.

„Das klingt, als hättest du kein gutes Verhältnis zu deiner Mom“, bemerkt Alexander nüchtern, geht an mir vorbei und setzt sich auf die Couch. Die Lippen wütend zusammengepresst, bleibe ich stehen. „Worauf wartest du? Setz dich.“ Er deutet auf die Stelle neben sich.

„Ich glaube, ich ziehe es vor, zu gehen.“

Alexander schnalzt ärgerlich mit der Zunge. „Na schön. Es tut mir leid, okay? Es ist nur ...“ Er zuckt mit den Schultern. „Ich habe das Gefühl, auf dich aufpassen zu müssen.“ Die Ehrlichkeit seiner Miene ist entwaffnend. „Mal läufst du mitten in der Nacht barfuß nach Hause, dann singst du in der gefährlichsten U-Bahn-Station im Umkreis von weiß Gott wie vielen Meilen; und dann ist da noch deine finanzielle Situation.“

Mein Gesicht brennt vor Verlegenheit. Dass er von meinen finanziellen Schwierigkeiten weiß, ist mir mehr als unangenehm.

„Verrätst du mir heute, wie ernst es ist?“

„Nein.“

„Das habe ich mir gedacht. Schön, dann erzähl mir von deinem Dad. Du sagst, er mochte französischen Wein?“

Seine Frage entlockt mir ein dünnes Lächeln. Ich nicke und Alexander bedeutet mir erneut, mich zu ihm zu gesellen. Ich zögere. Da ist immer noch ein wenig Wut in mir.

„Dein Dad ist gestorben?“, fragt er sanft und bricht damit meinen Widerstand.

„Vor dreieinhalb Jahren“, antworte ich und setze mich neben ihn. „Bauchspeicheldrüsenkrebs. Es ging sehr schnell.“

„Das tut mir leid."

„Mir auch. Er war ein wundervoller Mensch und der beste Dad, den man sich wünschen kann." Ich lächle traurig. „Du hättest ihn gemocht und sein Essen erst."

„Er war Koch?"

Ich bin sicher, dass Alexander bei seinen Recherchen sowohl meine Vergangenheit als auch meine Familie gründlich durchleuchten ließ. Doch er ist klug genug, um sein Wissen für sich zu behalten und mich nicht erneut zu verärgern.

„Ja. Meiner Familie gehört das *Hearthstone*. Es ist eines der bekanntesten Restaurants in Staunton."

„Hast du dein Studium gewählt, um ihn unterstützen zu können?"

„So ist es. Ich habe nach meiner Ausbildung als Sous Chef im *Hearthstone* gearbeitet."

„Und das hat geklappt, mit dir und deinem Dad? Wenn ich mir vorstelle, ich müsste für meinen alten Herrn arbeiten." Alexander schüttelt den Kopf. „Das würde keine fünf Minuten gut gehen."

Es ist das erste Mal, dass er mir etwas Privates über sich erzählt. Seine Offenheit freut mich.

„Du und dein Dad, ihr kommt nicht miteinander klar?", frage ich.

„Sagen wir so, wir sind beide Sturköpfe und wissen, was wir wollen."

„Oh, stur konnte mein Dad auch sein und aufbrausend. Aber da gab es einen einfachen Trick."

„Der wäre?"

„Nougatpralinen. Die haben immer und in allen Situationen geholfen." Vor meinem geistigen Auge erwacht eine Erinnerung. „Einmal", erzähle ich Alexander, „hat Mom spontan eine Hochzeitsgesellschaft aufgenommen. Es waren nur zwanzig Leute, aber Dad bestand darauf, sich für Events wie diese vorbereiten zu können.“ *Was Mom egal war. Sie sah nur die Einnahmen und pfiff darauf, wie sehr sie uns damit ins Schwitzen brachte.* „Er ist wie ein tasmanischer Teufel durch die Küche gewirbelt hat geflucht und das Personal nervös gemacht. Ich habe gewartet, bis er ins Kühlhaus ging und ihm dann eine Schachtel Pralinen an seinen Kochplatz gelegt.“ Wärme erfüllt mein Herz, als ich mich an Dads Gesicht erinnere, als er die Schokolade entdeckte. Wie seine Wut Reue wich und er meinen Blick suchte.

„Sag mir bitte, dass er diese Vorliebe an dich weitergegeben hat?“ Alexander sieht mich hoffnungsvoll an.

„Pralinen?“ Ich lache auf. „Nein, bei mir braucht es schon mehr, um mich von der Palme zu holen.“

„Schade. Wäre auch zu einfach gewesen.“

„Was ist mit dir, hast du eine Schwäche?“, will ich wissen und nehme einen Schluck von meinem Rotwein. Er schmeckt herrlich fruchtig und ist weich im Abgang.

In der kommenden halben Stunde unterhalten wir uns über unsere Väter, die, wie ich herausfinde, beide selbstständig waren. Alexanders Dad hatte eine Speditionsfirma, als er ein Kind war. Heute lebt er getrennt von seiner Mom in Alabama. Er hat noch einmal geheiratet und kaum Kontakt zu seinem Sohn. Ich erzähle Alexander von meiner Kindheit und gestehe, dass Dad und Grandpa die wichtigsten Menschen in meinem Leben waren.

„Dann warst du also ein richtiges Daddy's Girl?“

„Absolut. Er hat mir die Welt gezeigt und nahm mich von klein auf mit in die Küche, wo er mir all seine Tricks und Kniffs beibrachte.“

„Interessant. Trotzdem hast du der Gastronomie

den Rücken gekehrt und dich für die Musik entschieden."

„Naja, ohne Dad war Kochen nicht mehr dasselbe. Außerdem war singen schon immer meine größte Leidenschaft."

„Und du hast deinem Grandpa versprochen, an deinem Traum festzuhalten eine große Musikerin zu werden."

„Aber hallo." Ich stupse ihn neckisch mit der Schulter. „Du hast ja richtig aufgepasst."

„Da staunst du, was?" Er grinst und greift nach der Weinflasche. „Was ist mit deiner Mom?", will er wissen, schenkt mir ein weiteres Glas ein und reicht es mir. Ich nehme einen winzigen Schluck. Da ich heute so gut wie nichts gegessen habe, spüre ich den Alkohol mehr als mir lieb ist.

„Sie ist ein Kontrollfreak."

„Und weiter?"

Ich hole geräuschvoll durch die Nase Luft und atme aus. „Meine Mom ist ein schwieriges Thema. Wenn es nach ihr ginge, müsste ich auf der Stelle meine Zelte in New York abbrechen und nach Hause kommen."

„Verstehe, sie ist eine Glucke."

„Ha!", lache ich schallend auf und schlage mir eine Hand vor den Mund. *Ich sollte wirklich die Finger vom Wein lassen.* „Entschuldige. Nein, meine Mom ist keine Glucke. Sie ist vielmehr eine Narzisstin. Für sie gibt es nur einen Menschen, der zählt, und das ist sie selbst. Nach dem Tod meines Vaters hat sie über meinen Kopf hinweg entschieden, dass ich das Restaurant übernehme. Es war ihr egal, dass ich so tief in der Trauer steckte, dass ich kaum aus dem Bett kam. Sie wusste, dass ich eine kreative Köchin bin und hat erwartet, dass ich den *James Beard Award* gewinne."

„Ist das nicht eine der höchsten Auszeichnungen, die Restaurants bekommen können?“

„Ist es“, bestätige ich, nehme einen letzten Schluck und stelle das Glas auf den Couchtisch. „Ich habe sechs Monate durchgehalten, ehe ich die Reißleine zog und mit Rex und den Jungs nach New York abgehauen bin.“

„Das hat deiner Mom bestimmt nicht gefallen.“

„Davon kannst du ausgehen. Anfangs war sie supersauer, aber irgendwann hat sie begriffen, dass sie mit ihren Wutausbrüchen und Vorwürfen nicht weiterkommt. Seither versucht sie mich mit Geld zurückzulocken. Inzwischen ist sie an einem Punkt, da sie mir das doppelte Gehalt bietet, wenn ich nur wiederkomme und die Küche übernehme.“

„Wer macht das jetzt?“

„Mario, der neue Chef den sie eingestellt hat. Aber er ist nicht kreativ genug, um den Award zu gewinnen. O Mann.“ Ich schüttle den Kopf. „Wenn Mom wüsste, dass ich mit drei Monatsraten im Rückstand bin und kurz davorstehe, rausgeschmissen zu werden, würde sie vor Freude tanzen.“ Die Worte sind kaum über meine Lippen, da wird mir klar, was ich gesagt habe. Sofort versuche ich das Ruder herumzureißen und lege meine Hände auf Alexanders Schenkel. „Das war ein Scherz. Natürlich habe ich die Miete bezahlt“, schwindle ich. Doch er scheint weniger meinen Worten als vielmehr meinen Händen, die verdammt nah an seinem Schritt liegen, Beachtung zu schenken. Er löst den Blick von ihnen und sieht mir in die Augen. Und mit einem Mal zucken Blitze durch die Luft und erfüllen sie mit Spannung. Mein Atem stockt, denn mir fällt auf, dass ich im Laufe unseres Gesprächs immer dichter zu ihm aufgerückt bin und inzwischen fast auf seinem Schoß sitze.

Meine Kehle fängt Feuer, als er den Blick auf meine Lippen senkt. Er lockert seine Krawatte. Mit hämmerndem Puls sehe ich zu, wie er sie sich über den Kopf zieht und zur Seite wirft. Dann folgt sein Jackett. Ein Pochen erwacht zwischen meinen Schenkeln.

„Alexander … ich …“, stammle ich, während er die Manschettenknöpfe an seinem Hemd löst und auf den Tisch legt.

„Ja?“, raunt er und seine Stimme rieselt wie warmer Sand über meine Wirbelsäule. Er krempelt einen Ärmel hoch, legt seinen muskulösen Unterarm frei. Ich schlucke.

„Ich … ich kann das nicht … ich meine, ich sollte wenigstes zuvor duschen.“

Alexander, der gerade dabei ist den zweiten Ärmel hochzunehmen, hält in der Bewegung inne und misst mich mit zusammengezogenen Brauen.

„Moment, denkst du ich will dich flachlegen?“

Dass ich nichts auf seine Frage erwidere und den Blick senke, scheint ihm Antwort genug zu sein.

„Emma.“ Er umfängt mein Kinn und hebt es, zwingt mich, ihn anzusehen. „Ich habe dich aus einem einzigen Grund hergebracht. Um dir Bucks Gitarre zu schenken und dir eine Freude zu machen.“

Er hat nicht vor, mit mir zu schlafen, obwohl er es der Beule in seiner Hose nach eindeutig will?

Meine Augen pendeln zwischen seinen hin und her, suchen nach einer Antwort für sein Verhalten.

Erst nimmt er mich an die Wand gedrängt, nur um noch am selben Abend den Gentlemen zu spielen? Das macht keinen Sinn … Doch, begreift ein Teil in mir, der mehr in Alexander sieht, als den herrischen Geschäftsmann. *Das macht es. Denn das hier ist seine Art mir zu zeigen, dass ich mehr für ihn bin als ein Spielzeug.*

Schmetterlinge tanzen durch meinen Bauch.

„Und das ist dir gelungen. Du hast mir eine große Freude gemacht“, sage ich und schenke ihm mein schönstes Lächeln. „Wie bist du eigentlich auf die Idee gekommen, ein Musiklabel zu gründen“, wechsle ich auf ein neutrales Thema.

„Das Label war die Idee meines Cousins Kenny. Als Kinder waren wir Nachbarn und sind wie Brüder aufgewachsen. Kenny hatte schon immer was für Musik übrig. Mit zwölf gründete er eine Garagenband. *Kenny and the Cosmic Crew.*“ Er schmunzelt. „Sie waren grauenvoll.“

Alexander erzählt mir, dass er durch Kenny zum Songtexte schreiben und später auf die Idee mit dem Label kam. Sie wollten es zusammen gründen, doch kurz bevor es ernst wurde, verliebte sich Kenny in eine Kubanerin, warf alles über den Haufen und zog in die Karibik. So kam es, dass Alexander das Label allein gründete. Als er mir von den Anfängen seiner Firma erzählt, machen wir es uns weiter hinten auf der Couch gemütlich. An ihn geschmiegt, lausche ich seinen Erzählungen. Ich liebe seine tiefe Stimme und könnte ewig hier liegen und ihm zuhören. Irgendwann werden meine Lider schwer. Ich kämpfe gegen die Müdigkeit an, doch es war ein verdammt langer und anstrengender Tag und so fallen mir schließlich die Augen zu.

Die aufgehende Sonne weckt mich am nächsten Morgen. Ich brauche einen Moment, um zu begreifen, dass ich in Alexanders Armen auf dessen Couch liege. Vorsichtig drehe ich mich zu ihm um und nutze den Moment, um ihn zu betrachten. Er ist ein unverschämt attraktiver Mann mit einem Gesicht, das wie gemeißelt ist. Auf seinen Wangen liegt ein Bartschatten, die wohlgeformten Lippen sind ein Stück geöffnet und seine dichten Wimpern ruhen auf den hohen Wangenknochen. Meine Hand kribbelt. Ich möchte ihn anfassen, durch sein tintenschwarzes Haar streichen. Doch ich halte mich zurück. Ich will ihn nicht aufwecken, sondern seinen Anblick noch einen Moment genießen.

Der gestrige Abend war wunderschön. Ich habe das Gefühl, ich durfte den richtigen Alexander kennenlernen. Den Mann, den er vor der Außenwelt verbirgt – jenen Mann hinter der harten Schale.

Wenn ich nur wüsste, woran ich bei ihm bin. War das ein einmaliger Abend oder will er mehr?

Mein grummelnder Bauch erinnert mich daran, dass ich in den letzten sechsunddreißig Stunden nur ein paar Bissen Spaghetti zu mir genommen habe. Vorsichtig, um Alexander nicht zu wecken, setze ich mich auf. Dabei fällt mein Blick auf die Gitarre. Dankbarkeit erfüllt mein Herz. Dass mir Alexander sein Sammlerstück überlassen hat, war unheimlich nett.

Dafür sollte ich mich noch mal bei ihm bedanken. Mir kommt eine Idee. *Und ich weiß auch schon wie …*

12

ALEXANDER

Ein Klirren weckt mich am nächsten Morgen. Als ich die Augen aufschlage, finde ich mich auf meiner Couch wieder. Emma, die gestern Nacht in meinen Armen eingeschlafen ist, ist weg.

Ich setze mich auf, fahre mir mit den Händen über das Gesicht und durchs Haar, bin fix und alle. Bis in die frühen Morgenstunden habe ich neben Emma gelegen, sie beim Schlafen beobachtet und versucht zu verstehen, was mich so sehr an ihr fasziniert.

Wieder ist da dieses Klirren.

Ich stehe auf, gehe in die Richtung, aus der das Geräusch kommt und finde Emma in der Küche am Herd.

„Guten Morgen", flötet sie, als sie mich entdeckt. „Ich hoffe, du hast Hunger." Mit einem Pfannenwender deutet sie auf die Theke auf der zwei liebevoll arrangiert Gedecke bereit liegen.

„Du hast Frühstück gemacht?", frage ich im Näherkommen.

„Ja, das ist meine Art Danke zu sagen. Setz dich. Es gibt Pancakes", sagt sie und stellt einen Teller voller dampfender Eierkuchen auf die Theke. „Ricotta-Honig-Toast mit Feigen und natürlich – das darf bei keinem guten Frühstück fehlen – ein Omelett à la Sterling." Sie stellt die Toasts neben die Pancakes und packt uns je ein Omelett auf den Teller, während ich einen Hocker heranziehe und mich setze.

Ihr Essen sieht nicht nur superlecker aus, es duftet auch, dass einem das Wasser im Mund zusammenläuft.

„Omelett à la Sterling?", frage ich und greife nach meiner Gabel.

„Es ist meine Spezialität. Mit getrockneten Tomaten, Feta, Oliven und frischem Basilikum. Basilikum hattest du nur im Glas, aber das ist okay", erklärt sie, holt eine Tasse aus einem der Schränke und stellt sie unter die Espressomaschine. Bei absolut jeder anderen würden spätestens jetzt meine Alarmglocken schrillen und ich würde sie vor die Tür setzen. Wenn sich eine Frau in deiner Küche besser auskennt als du selbst, ist es an der Zeit, die Reißleine zu ziehen. Doch bei Emma ist es anders. Sie in meiner Küche zu haben, zu sehen, wie sie dem Raum allein mit ihrer Anwesenheit Leben einhaucht, macht mich glücklich.

Wie ich so dasitze und sie ansehe, erwacht ein Bild vor meinem geistigen Auge. Ich sehe Emma mit einem kleinen Jungen auf den Armen vor der Spüle stehen. Er hat ihre Locken und meine stahlgrauen Augen. Einen winzigen Moment lang bin ich überzeugt, dass ich gerade meine Zukunft sehe. Das Glücksgefühl, das sich dabei in mir ausbreitet, ist unbeschreiblich. Doch der Moment ist ebenso schnell verstrichen, wie er gekommen ist, als der rationale Teil in mir übernimmt. Ich bin ein Karriere- und kein Familienmensch. Erfolg und Finanzen sind Dinge, die sich kalkulieren lassen. Frauen hingegen sind unberechenbar. Sie geben vor, einen zu lieben und lügen, dass sich die Balken biegen. Mit der romantischen Vorstellung es könnte so etwas wie die große Liebe geben, habe ich schon vor Jahren abgeschlossen. Genauso wie mit dem Gedanken an eine eigene Familie.

„Koste!", ermutigt mich Emma und bringt mir eine Tasse Kaffee. Ich greife nach dem Besteck und schneide ein Stück Omelett ab, das ich mir in den Mund stecke.

Ach du Scheiße, das ist fantastisch.

Ich wusste ja, dass sie eine gute Köchin ist, aber das ... jetzt ist mir klar, warum ihre Mutter darauf besteht, dass sie zurückkommt.

„Wow, das ist köstlich."

„Danke. Ich habe gehofft, dass es dir schmeckt." Sie zieht einen Hocker heran und setzt sich zu mir. „Wenn dir das Omelett schon schmeckt, dann warte erst den Toast ab", sagt sie und strahlt dabei übers ganze Gesicht. Ich lächle, denn ihre gute Laune ist ansteckend, sie bringt meine Küche zum Leuchten.

Neugierig koste ich den Toast. Das Ding ist eine Geschmacksexplosion. Die Süße der Feigen und der würzige Käse verschmelzen auf meiner Zunge.

„Tut mir leid, aber ich muss das mit der Favoritin zurücknehmen", sage ich und zwinge mich zu einem ernsten Ton, als ich den Bissen geschluckt habe.

„Was? ..."

„Ich glaube, ich muss dich stattdessen als Köchin einstellen."

„Vergiss es!" Grinsend boxt sie mir gegen den Arm und ich schmunzle.

„Nein, im Ernst. Der Toast schmeckt köstlich." Ich nehme noch einen Bissen, während Emma sich einen Pancake schnappt.

„Brauchst du noch Salz oder Pfeffer?", erkundigt sie

sich, als ich wieder einen Happen vom anderen Teller nehme. Ich kann mich nicht entscheiden was besser ist, der Toast oder das Omelett.

„Auf keinen Fall. Es ist perfekt so“, sage ich, als eine WhatsApp auf Emmas Handy eingeht, das neben ihr auf der Theke liegt. Sie nimmt es hoch und liest die Nachricht.

„Ach du Schande?“ Gestresst rutscht sie vom Hocker.

„Was ist?“

„Ich muss los, ich habe vergessen, dass ich verabredet bin.“

Das Wort *verabredet* sorgt doch tatsächlich für so etwas wie Eifersucht in mir. Dabei gibt es keinen Grund dafür. Ich weiß, dass Emma Single ist.

Während sie rüber ins Wohnzimmer läuft, wische ich mir mit einer Serviette über die Mundwinkel und hole mein Telefon hervor. Mit fliegenden Daumen schreibe ich Maxwell eine Nachricht, dann stehe ich auf und folge Emma. Sie hat die Gitarre geholt.

„Mein Chauffeur, Maxwell bringt dich nach Hause“, erkläre ich und drücke den Knopf für den Lift.

„Das ist nicht nötig, ich kann den Bus nehmen.“

„Ich bestehe darauf.“

Die Türen des Fahrstuhls öffnen sich. Ich begleite sie in die Tiefgarage, wo Maxwell bereits mit der Limousine wartet.

„Tja dann.“ Emma, die die Gitarre vor sich hält, wirkt beinahe schüchtern. „Danke noch mal, für alles.“ Sie haucht mir einen Kuss auf die Wange und steigt in den Wagen.

„Wir sehen uns“, sage ich und muss meine Hände in die Hosentaschen schieben, um sie nicht von der Rückbank zu holen, mir über die Schulter zu werfen und in mein Bett zu verfrachten.

„Bis dann." Emma schenkt mir ein Lächeln zum Abschied, das etwas in meinem Körper zum Schwingen bringt. Als sie die Tür schließt und Maxwell mit ihr aus der Garage fährt, bleibe ich mit einem Gefühl des Widerwillens zurück. Es passt mir nicht, dass sie geht. Ginge es nach mir würde ich heute alle Termine canceln und den Tag mit ihr verbringen.

Vorzugsweise nackt, unter der Dusche, in meinem Bett oder noch besser, auf der Küchentheke mit meinem Gesicht zwischen ihren Schenkeln.

Allein die Vorstellung von Emmas herrlicher Pussy auf meinem Gesicht, lässt mich hart werden. Leise fluchend rücke ich meinen eingeklemmten Schwanz zurecht und fahre mit dem Lift nach oben.

Nachdem ich zu Ende gefrühstückt, geduscht und mich fertig gemacht habe, lasse ich mich von Maxwell ins Büro fahren. Wahrscheinlich spielt mir meine Fantasie einen Streich, aber ich habe das Gefühl, als würde es im Wagen noch ein winziges Bisschen nach Emma riechen. Zumindest glaube ich, ein dezentes Vanillearoma wahrzunehmen.

In der Firma angekommen steht direkt ein Meeting mit meinem Team an. Während Cedric mich darüber informiert, dass er alle Finalisten vertont hat, schweifen meine Gedanken zu Emma. Noch immer frage ich mich, was sie an sich hat, was mich derart fesselt.

Ist es ihre Stimme und das puppenhafte Gesicht? Oder sind es ihre Locken, ihr perfekter, kurviger Körper oder diese unvergleichlich kobaltblauen Augen? O Mann, diese Augen …

Mir fällt ein, wie sie sich gestern Abend verändert haben. Wie ich zusehen konnte, wie sie vor Verlangen dunkel wurden. Und wie es sich anfühlte in ihr zu sein. Dieses Gefühl, als mich Emmas süße Pussy in sich aufnahm. Wie sie sich eng und geschmeidig um mich legte, meinen Schwanz liebkoste.

Shit, allein bei dem Gedanken daran, wird es eng in meiner Hose. Und das mitten in einer Besprechung! Zur Hölle, was ist los mit mir? Ich bin ein sechsunddreißig Jahre alter Mann und kein Teenager! Also was soll das? Warum um alles in der Welt reagiere ich so heftig auf diese Frau? Zugegeben, der Sex mit ihr war unvergleichlich. Aber es war nur Sex, ein kurzer und heißer Fick ... oder?

Ich verdränge meine Gedanken und versuche mich auf das Meeting zu konzentrieren. Die Fingerspitzen aneinandergelegt sitze ich am Kopf des Tisches und lausche Sabrina Wests Worten.

„... deswegen ist Lucien für mich der klare Favorit. Wie gesagt, seine Umfragewerte gehen durch die Decke. Ich bin überzeugt, er ist der neue Drake."

„Ja, nur in weiß und ohne Bart", scherzt Cedric. „Aber im Ernst, ich hatte den Jungen im Studio. Er hat großes Potential."

Drake?, denke ich bei mir. *Niemals. Lucien mag ein passabler Sänger sein, aber er spielt nicht in derselben Liga wie Drake. Es braucht mehr als eine gute Stimme, um ein Weltstar zu werden. Was Sabrina wissen sollte. Schätze, der Junge hat sie mit seinem Aussehen geblendet. Genauso wie Emma mich?*

Während mein Team sich weiter bespricht, driften meine Gedanken erneut zu dem blonden Lockenkopf ab.

Hat sie mich mit ihrem Aussehen geblendet? Vielleicht ein wenig. Die Wahrheit ist, dass sie es mir von Anfang an angetan hat. Ich habe versucht, mir einzure-

den, dass es mir nur um ihr Talent geht und das Geld, das ich mit ihr verdienen kann. Aber das ist Quatsch.

Spätestens nach gestern weiß ich, dass ich mir etwas vorgemacht habe. Und, dass der Drang in mir sie zu beschützen stärker ist als geahnt. Apropos Schutz!

Ich stehe auf, woraufhin mich die anderen ansehen.

„Macht ohne mich weiter“, sage ich und bedeute Sophie, die neben mir am Tisch sitzt mir zu folgen. Mit zügigen Schritten und unter den verwunderten Blicken meines Teams verlassen wir den Besprechungsraum und gehen in mein Büro.

„Schließ die Tür“, weise ich meine Assistentin an, als sie hinter mir den Raum betritt. Sie tut, was ich sage, während ich zum Safe gehe und drei Bündel hundert Dollar Scheine hervorhole. „Hast du den Namen und die Adresse von Miss Sterlings Vermieter?“, erkundige ich mich.

„Natürlich. Der Mann heißt ...“ Sophie will ihren Computer befragen, doch ich halte sie davon ab, indem ich ihr das Geld in die Hände drücke.

„Ich will, dass du zu ihm gehst, ihre Schulden begleichst und mit dem Rest die Miete für die kommenden Monate bezahlst.“

„Ja, Sir.“ Ohne weitere Fragen zu stellen, macht Sophie auf dem Absatz kehrt und verlässt mein Büro.

Ich gehe zur Fensterfront, schaue auf den unter mir liegenden Central Park und frage mich, was Emma gerade macht. Ein Blick auf meine Rolex verrät, dass es halb zwölf mittags ist. Kurzentschlossen hole ich mein Handy hervor und schreibe ihr eine WhatsApp.

Lust auf Lunch?

Ich schicke die Nachricht ab und behalte das

Telefon in der Hand. Ungeduldig mit der Fußspitze wippend warte ich auf ihre Antwort. Ich bin es gewohnt, dass die Leute umgehend auf meine Nachrichten reagieren. Doch Emma schreibt weder zurück, noch öffnet sie die WhatsApp.

Um auf andere Gedanken zu kommen, setze ich mich an den Schreibtisch und checke meine Mails. Doch es dauert nicht lange, bis ich wieder einen Blick auf mein iPhone werfe. Sie hat die Nachricht noch immer nicht gesehen.

Warum? Was macht sie?

Ich rufe die App auf, die ihr Handy ortet.

Emma ist bei sich zu Hause. Vielleicht schläft sie.

Plötzlich überkommt mich der unbändige Wunsch, sie zu sehen. Also lasse ich alles stehen und liegen und mache mich auf den Weg.

Es ist kurz vor zwölf, als Maxwell vor ihrem Wohnblock hält. Ich weise ihn an, zu warten, steige aus und nehme die Treppe zu Emmas Wohnung. Ich klingle, doch sie öffnet nicht. Darum versuche ich es erneut. Ich lausche auf Geräusche im Inneren der Wohnung, doch da ist nichts.

Das verstehe ich nicht …

Gerade hole ich mein Handy hervor, um ihren Standort erneut zu checken, als ein Paketbote kommt und an der Wohnung gegenüber klingelt.

Das ist seltsam. Laut App müsste Emma zu Hause sein …

„Für Madison Winslow", höre ich den Boten sagen, als die Tür geöffnet wird.

„Schon gut, ich übernehme … Alexander?"

Ich drehe mich um und begegne Emmas kobaltblauen Augen. Sie steht an der gegenüberliegenden Wohnungstür und hat ein Baby auf dem Arm. Einen

Herzschlag lang fühle ich mich an heute Morgen und das Bild, das ich vor meinem geistigen Auge gesehen habe, erinnert, doch ich verdränge es sofort.

„Wolltest du zu mir?", fragt mich Emma und nimmt dem Mann das Paket ab.

„Um ehrlich zu sein, ja."

Meine Worte zaubern ein Lächeln auf ihr Gesicht, das wieder für dieses Schwingen in mir sorgt.

„Hast du meine Nachricht nicht bekommen?", erkundige ich mich, während der Bote abschwirrt und uns allein lässt.

„Nachricht? Nein. Oh ..." Ihre Augen runden sich. „Ich habe das Handy auf stumm gestellt, um Eli nicht zu wecken", erklärt sie und deutet auf das Baby. Dann zieht sie ihr iPhone aus ihrer hinteren Hosentasche und stellt es auf laut.

„Das ist also deine Verabredung?" *Damit kann ich leben.* Ein schiefes Grinsen im Gesicht gehe ich zu ihr.

„Ja, meine Freundin Maddie hat einen Frisörtermin. Ich habe versprochen, mich um ihr Baby zu kümmern."

„Das ist nett von dir", sage ich und lehne mich an den Türrahmen. „Heißt das, du hast keine Zeit für einen Lunch?"

Sie beißt sich auf die Lippe. „Also eigentlich", hebt sie an, als ein untersetzter Mann mit fliehendem grauem Haar und Eierkinn auftaucht. Seine Wangen sind mit roten Hektikflecken überzogen.

„Harvey." Emma wird kreidebleich. Ihr Blick huscht auf mich und wieder zurück zu dem dicken Mann. „Was willst du denn hier? Du meintest doch, ich hätte noch bis Ende des Monats." Sie versucht sich locker zu geben, aber ich höre die Anspannung aus ihrer Stimme.

Wer ist der Kerl?

„Vergiss die Frist“, sagt er mit einem Leuchten in den Augen. „Das mit deinen Schulden hat sich erledigt.“

Alles klar, es ist ihr Vermieter.

„Erledigt? Ich ... verstehe nicht.“

„Eben war eine Frau bei mir, die all deine Schulden beglichen und die Miete für ein Jahr im Voraus bezahlt hat.“

Emma klappt der Mund auf. „Das ist ... unmöglich. Ich meine ... wie?“ Plötzlich scheint sie zu begreifen, denn ihre Augen werden schmal. „Wie hieß die Frau?“, erkundigt sie sich in schneidendem Ton.

Harvey zuckt mit den Schultern. „Das hat sie nicht gesagt. Aber das ist doch egal. Hauptsache ...“

„War sie auffallend schlank, trug eine Brille und hatte langes braunes Haar?“

„Nun ... ja.“ Harvey, der eben noch voller Euphorie war, runzelt die Stirn. „Ich verstehe nicht. Gibt es ein Problem mit dem Geld?“

„Nein“, versichere ich und bestätige damit Emmas Verdacht. Ihr inzwischen finsterer Blick schwenkt vom Vermieter auf mich.

„Es ist alles in Ordnung, Harvey. Ich melde mich später bei dir und erkläre dir alles.“

Der Mann schaut unsicher von ihr zu mir. „Ooo-kay“, sagt er gedehnt. „Ruf an, sobald du Zeit hast.“ Sein Blick rutscht argwöhnisch an meinem Anzug hinab, ehe er sich trollt.

„Du warst das!“, wirft mir Emma vor, als er außer Hörweite ist. „Wie kannst du es wagen?“ Ihre aufgebrachte Stimme weckt das Baby. Es zuckt zusammen, schlägt die Augen auf und fängt an zu weinen. „Du weißt genau, dass ich es hasse, kontrolliert zu werden und nicht will, dass jemand über meinen Kopf hinweg

Entscheidungen für mich triffst." Wütend hämmert sie einen Finger gegen meine Brust, lässt mich von der Tür zurückweichen.

„Was denn? Dachtest du im Ernst, ich würde zulassen, dass der Kerl dich auf die Straße setzt?" Ich deute in die Richtung in der Harvey verschwunden ist. Dass sie sauer auf mich ist, weil ich mich um sie kümmere, macht mich fuchsteufelswild. „Das kommt nicht infrage", sage ich bestimmend, was Emma, die den Kleinen auf den Armen wippt, erbost die Lippen zusammenpressen lässt.

„Ich fasse es nicht! Du bist so ... Arrr!", macht sie, geht zurück in die Wohnung und knallt mir die Tür vor der Nase zu. Ich bin wie vor den Kopf gestoßen. Mich einfach stehen zu lassen, das hat sich noch keiner getraut. Schon hebe ich die Faust, will sie gegen die Tür donnern, als mein Handy klingelt. Ich hole es hervor. Ohne nachzusehen, wer es ist, nehme ich den Anruf mit einem geblafften „Was!?" an.

„Störe ich?" Cedric ist am anderen Ende der Leitung.

„Was willst du?"

„Donald ist hier. Tori macht Probleme. Sie will das Konzert in Berlin absagen."

Dieses undankbare kleine ... Ich kneife mir in die Nasenwurzel. „Wo seid ihr?"

„Im Studio."

„Alles klar." Ich lege auf und werfe einen Blick auf die Tür hinter der Emma verschwunden ist.

Die Sache zwischen uns muss fürs Erste warten, aber sie ist noch nicht vorbei, Babydoll. Mit diesem stummen Versprechen mache ich kehrt und gehe die Treppe hinab.

13
EMMA

Den schreienden Eli auf den Armen, stehe ich mit dem Rücken zur Tür. Mein Herz pocht so heftig, dass ich das Gefühl habe, es würde mir gleich aus der Brust springen. Ich möchte platzen vor Wut.

Alexander ist unglaublich! Da vertraue ich ihm an, wie sehr ich es gehasst habe, dass meine Mom mich kontrolliert und über meinen Kopf hinweg Entscheidungen für mich getroffen hat und er macht genau dasselbe.

Ein Geräusch an der Tür lässt mich herumfahren und sie aufreißen. Ich rechne damit, dass es Alexander ist, doch vor mir steht Madison mit ihrem Schlüsselbund in der Hand.

Sie fährt zusammen und drückt sich eine Hand auf die Brust. „Verdammt noch mal", flucht sie. „Hast du mich erschreckt. Willst du, dass ich einen Herzinfarkt bekomme?"

„Entschuldige, ich dachte, du wärst jemand anderes."

Ihre Augen werden schmal. „Augenblick. Du redest von Alexander Channing, richtig?"

„Ja, er war gerade hier."

Maddies Blick springt hinab zur Straße. „O Mann, ich wusste es, er war's!"

„Du hasst ihn gesehen?" Eli, der sich inzwischen beruhigt hat, über die Schulter nehmend, lasse ich meine Freundin herein.

„Er ist mir gerade auf der Treppe begegnet." Sie klatscht sich die Hände auf die Wangen. „Gott, Emma, der Kerl ist in echt noch tausend Mal heißer als in den Magazinen und Interviews."

„Heiß und unverschämt", brumme ich. „Alexander hat all meine Schulden bei Harvey beglichen, plus die Miete für ein Jahr im Voraus bezahlt."

Maddie klappt der Mund auf. „Das ist ein Scherz."

„Schön wär's. Harvey war eben hier, um mir die frohe Botschaft zu verkünden."

„Das ist ... fantastisch!" Maddie springt wie ein Flummi durch das Wohnzimmer und schreit dabei aus voller Kehle „Wuhuuu!".

Eli, der sich eben beruhigt hat, beginnt wieder zu weinen.

„Oh nein, entschuldige, mein Liebling." Sie kommt zu mir, nimmt mir den Kleinen ab und wiegt ihn liebevoll. „Aber weißt du was, wir brauchen uns keine Sorgen mehr um Tante Emma zu machen. Mr. Channing hat dafür gesorgt, dass sie uns nicht verlassen muss."

„Ja, und außerdem hat er dafür gesorgt, dass der Tante der Kragen geplatzt ist", sage ich, noch immer sauer.

„O nein ..." Maddie neigt den Kopf zur Seite. „Was hast du getan?"

„Nichts. Nur ihm die Tür vor der Nase zugeknallt."

„Ach, Emma", seufzt sie. „Du solltest lernen, dein

Temperament im Zaum zu halten. Wenn du so weiter machst, wirst du den Mann noch vergraulen."

Mein Handy klingelt. „Na und?", sage ich und hole es hervor. „Er ist selbst schuld, wenn ..." Ich verstumme, als ich sehe, wer mich anruft.

„Wenn was?"

Aus dem Augenwinkel heraus sehe ich, wie Maddie die Brauen zusammenzieht.

„Wer ist es?", will sie wissen.

„Meine Mom.", antworte ich und verwünsche mich dafür, ihr meine neue Nummer gegeben zu haben. Natürlich muss sie ausgerechnet jetzt anrufen. Sie ist wie ein Bluthund, scheint Momente wie diesen riechen zu können.

„Ihr monatlicher Kontrollanruf?" Die Abscheu in Maddies Stimme ist unüberhörbar.

„Schätze ja. Es ist Anfang des Monats." Meine Mom ist pünktlich wie meine Periode. Sie ruft jeden ersten Samstag im Monat an.

Mit einem Seufzen hebe ich ab. „Mom, hi", begrüße ich sie und versuche mir meinen Unmut nicht anmerken zu lassen.

„Hallo, Prinzessin", kommt es zuckersüß vom anderen Ende der Leitung.

Ich beiße die Zähne zusammen, weil sie Dads Kosenamen für mich benutzt. Solange ich mich zurückerinnern kann, hat mich meine Mom stets beim Vornamen genannt. Das mit dem Kosenamen hat erst angefangen, nachdem ich davongelaufen bin. Genauer gesagt, als sie begann, alles daranzusetzen, dass ich zu ihr zurückkomme.

„Danke, dass du mir deine neue Nummer geschickt hast. Ich bin so froh, dass sich deine finanzielle Lage soweit stabilisiert hat, dass du dir wenigstens ein Telefon leisten kannst."

Natürlich verschwendet sie keine Zeit darauf, sich zu erkundigen, wie es mir geht, sondern reibt mir lieber unter die Nase, wie schlecht ich es ohne sie habe.

Maddie, die bemerkt, dass ich mit dem Kiefer mahle, legt mir eine Hand auf den Arm. Sie schenkt mir ihr Kopf-hoch-Lächeln und bedeutet mir, dass sie den Kleinen ins Bett bringt. Ich nicke. Mir ist bewusst, dass sie den Raum verlässt, weil sie sich, was meine Mom anbelangt, nur schwer zurückhalten kann.

„Du weißt, dass dir hier nach wie vor alle Türen offenstehen?", erkundigt sich Mom mit ihrer Samariterstimme.

Ich schließe die Augen, zwinge mich durch die Nase ein- und den Mund auszuatmen.

„Ja, weiß ich."

„Gut." Sie seufzt schwer. „Ach Emma, ich bin sicher, es würde dir guttun nach Hause zu kommen, zu deiner Familie, unserem Restaurant, wo du hingehörst."

Ich beiße mir auf die Lippe, bemühe mich, die Wut, die in mir schwelt, zurückzuhalten. „Du weißt, dass ich mich dazu entschieden habe, meinen eigenen Weg zu gehen", erinnere ich sie.

Es folgt ein Moment der Stille, in dem ich ihre Enttäuschung beinahe körperlich spüren kann. Doch dann setzt sie ihre sanfte Stimme wieder ein: „Ich verstehe das, Prinzessin. Aber denk bitte daran, wie wichtig das *Hearthstone* deinem Vater war. Dieses Restaurant war sein Lebenswerk. Er hätte gewollt, dass ..."

„Schluss damit!" Indem sie Dad in ihre Manipulation mit einbezieht, überspannt sie den Bogen. „Ja es stimmt, er hat das *Hearthstone* geliebt. Aber weißt du, was er im Gegensatz zu dir, noch mehr als sein Restaurant geliebt hat? Seine Tochter!"

Mom schnappt nach Luft und ich kann mir bildlich vorstellen, wie sie sich unten in Staunton entrüstet eine Hand auf die Brust drückt. „Wie kannst du es wagen, mir so etwas an den Kopf zu werfen?"

Immer dasselbe mit ihr. Jetzt spielt sie die Arme. Dabei wissen wir beide, dass ich recht habe. „Weißt du was?", sage ich und kneife mir resigniert in den Nasenrücken, „lassen wir das." *Jede weitere Diskussion über das Thema ist Zeitverschwendung.*

„Ich finde das wirklich grausam von dir."

Ein Schniefen am anderen Ende.

„Habe ich nicht immer alles für dich getan?"

Wie zum Beispiel? Mir bei den Hausaufgaben zu helfen, auf meine Schulaufführungen zu kommen, oder dich um mich zu kümmern, wenn ich krank war? Nein, Mom, das hast du nicht getan, antworte ich ihr im Stillen. *Es war Dad, der mir das Haar zurückgehalten hat, als ich mir den Magen verdorben hatte und über der Kloschüssel hing. Er war es, der mir Suppe gekocht und mich gepflegt hat, der zu meinen Musikkonzerten in der Schule kam und immer ein offenes Ohr für mich hatte, während du für alles eine Ausrede hattest.*

Ich zwinge mich meinen Groll hinunterzuschlucken. „Ich muss jetzt Schluss machen."

„Das heißt, du kommst nicht nach Hause?" Und weg ist er, der verletzliche Ton in ihrer Stimme. Stattdessen klingen ihre Worte jetzt herrisch und kalt.

Wer sagt's denn, da ist sie, die echte Martha Sterling. Hat ja nicht lange gedauert …

„Nein, ich komme nicht nach Hause."

„Und wenn ich dir sage, dass Mario gekündigt hat?"

Dann würde mich das nicht weiter wundern. Ich weiß, wie sie mit dem Personal umgeht.

„Der Mistkerl hat mich gestern Abend sitzen lassen. Hat einfach hingeschmissen."

„Das tut mir leid, Mom. Aber zum Glück hast du noch Pepe."

„Pepe!" Ihre Stimme schraubt sich hoch. „Er ist der unfähigste Sous Chef, den ich je hatte. Ihm überlasse ich bestimmt nicht die Küche! Nein, es gibt nur Eine, die dem Chaos hier Herr werden kann."

„Sorry, Mom, bei mir kommt gerade ein wichtiger Anruf rein", beeile ich mich zu sagen, ehe sie mir erklärt, dass ich die Einzige bin, die das Restaurant retten kann und wir uns in einer ewigen Diskussion verlieren.

„Aber Emma ..."

„Ich ruf dich an. Bis dann!" Rasch lege ich auf und merke, dass ich die freie Hand zur Faust geballt habe. Jedes Mal dasselbe, wenn ich mit ihr telefoniere. Diese Frau schafft es wie kein anderer, mich auf die Palme zu bringen. Es gibt nur einen Grund, warum ich überhaupt noch mit ihr spreche. Dad. Er hätte nicht gewollt, dass ich den Kontakt zu ihr abbreche. Er war mit Leib und Seele ein Familienmensch und auch, wenn meine Mutter ihn regelmäßig mit ihrer narzisstischen Art den letzten Nerv kostete, so hat er sie dennoch geliebt. Nein, Dad hätte nicht gewollt, dass ich den Kontakt zu ihr abbreche. Genauso wenig wie er gewollt hätte, dass ich meine Träume verwerfe und unglücklich werde.

Ach, Dad ...

Ich schließe die Augen, spüre wie Tränen hinter meinen Lidern brennen.

War ich zu hart zu Mom?

Ein schlechtes Gewissen erwacht in meinem Bauch.

Ich hätte nicht einfach auflegen sollen. Manchmal habe ich eine zu kurze Zündschnur.

Mir kommt in den Sinn, wie ich keine zehn Minuten zuvor Alexander die Tür vor der Nase zugeknallt habe.

Das war übertrieben. Ich hätte mit ihm reden sollen, statt mich wie eine verzogene Göre aufzuführen.

Beschämt sinke ich auf die Couch und berge das Gesicht in den Händen.

„Alles okay?“ Maddie kommt zurück und setzt sich neben mich. „Ist gerade alles ein bisschen viel, hm?“

Ich nicke und sie streichelt mir verständnisvoll über den Rücken.

„Ich werde Conny anrufen. Sie soll sich heute Nacht um Eli kümmern.“

Stirnrunzelnd schaue ich sie an. Conny ist ihre Schwiegermutter. „Warum?“, frage ich verwundert. Maddie gibt den Kleinen über Nacht sonst nie weg.

„Weil du, mein Schatz, eine Auszeit brauchst. Wir werden ins *C3* gehen.“

„Du willst in den Club?“

„Ja. Damit du den Stress der letzten Tage wegtanzen kannst.“

„Das ist lieb, aber nicht nötig.“ Ich würde gerne gehen, kann mir den Abend aber nicht leisten.

„Schon klar, wo das Problem liegt. Ich lade dich ein.“

„Was? Nein, das kommt nicht infrage.“,

„Keine Widerrede. Sieh es als Dankeschön dafür, dass du in letzter Zeit so oft auf Eli aufgepasst hast“, beharrt sie, zwinkert mir zu und greift nach ihrem Handy.

Es ist neun Uhr abends, als wir aufgedonnert und in zwei von Maddies Mini-Glitzerkleidchen das *C3* betreten. Weil ich keine passenden Schuhe hatte, habe ich mir am Nachmittag – von dem bisschen Geld, das ich in der U-Bahn verdient habe – neue High-Heels gekauft. Ich hoffe, dass der Abend die Investition wert war!

„Krass! Sieh nur, wie viele Leute hier sind!“, ruft mir Maddie über den Lärm der Musik hinweg zu. Ihr begeisterter Blick wandert durch den in sandfarben gehaltenen Club. Das *C3* ist aufgebaut wie das Kolosseum in Rom. Ganz unten, da wo sich im Kolosseum die Gladiatoren bekämpfen ist die Tanzfläche. In der ersten Ebene befinden sich der DJ und eine Bar, die mehr als die Hälfte der Fläche einnimmt. In der Ebene darüber – wo wir stehen – liegen neben dem Eingangsbereich die Toiletten sowie einige private Räume des Clubs. In der Ebene über uns befindet sich die Chill-Out-Zone mit zwei weiteren Bars und Sitzmöglichkeiten. Ganz oben, so habe ich mir sagen lassen, wäre die VIP-Lounge. Aber da waren wir noch nie.

„Komm, lass uns tanzen!“ Maddie schnappt sich meine Hand und zieht mich hinter sich her über eine der beiden Treppen hinab.

Eine moderne Version von Gwen Stefanis – *Hollaback Girl* wummert durch den Club, als wir die Tanzfläche betreten. Maddie nimmt die Hände hoch.

„Wuhuuu!“, macht sie und lässt die Hüften kreisen. Auch ich räkle mich im Takt der Musik und Mann, tut das gut. Es war eine fantastische Idee herzukommen. Ich hatte ganz vergessen, wie sehr ich es liebe zu tanzen. Maddie und ich sind in unserem Element. Farbige Scheinwerfer hüllen uns in ein mystisches Lila, während die Diskokugel, die über unseren Köpfen an der Decke schwebt, schimmernde Lichtreflexe durch den Club schickt. Wir stören uns nicht daran, dass die Tanzfläche vor Leuten fast übergeht und haben einfach nur Spaß.

Eine halbe Stunde lang singen wir lautstark zu den Songs mit, schlängeln uns Rücken an Rücken oder feiern den DJ, der die Stimmung anheizt.

„Okay, Pause!", keucht meine Freundin schließlich. „Ich hole uns was zu trinken. Was möchtest du?"

„Denkst du, die haben hier noch diesen Moscow Mule, den wir früher immer getrunken haben?"

„Bestimmt! Ich bin gleich wieder da!"

Während Maddie sich einen Weg in Richtung Treppe bahnt, tanze ich weiter zu Artemas - *I like the way you kiss me.* Dabei fällt mein Blick auf eine zierliche junge Frau mit schwarzen Haaren.

Ist das nicht? Doch das ist sie!

„C.J.!", rufe ich und fange die Finalistin ab, die gerade an mir vorbei will.

„Emma?" Sie wirkt überrascht. „Was machst du denn hier?" Ein freudiges Lachen überzieht ihr Gesicht und sie umarmt mich.

„Ich bin mit meiner Freundin hier. Und du?"

„Ich ... also."

„Raus damit, mit wem bist du da?"

Sie windet sich, ehe sie auf jemanden hinter mir zeigt. Ich drehe mich um und sehe Lucien, einen der anderen Finalisten mit einem zweiten, mir unbekannten Kerl, auf uns zukommen.

„Hey, aber bitte behalte es für dich, ja?" C.J. sieht mich flehend aus ihren braunen Augen an. „Ich bin nicht sicher, ob Mr. Channing etwas dagegen hat, wenn wir ... na du weißt schon."

„Was denn, läuft da etwas zwischen euch?" Ich stupse sie verschwörerisch mit der Schulter, woraufhin sie sich auf die Lippe beißt. Ich verstehe und ziehe grinsend einen imaginären Reißverschluss über meinem Mund zu.

„Na, wen haben wir denn da?", begrüßt mich Lucien und lässt seinen Blick ungeniert über mich wandern. Bevor ich begreife, wie mir geschieht hat er mich in eine, für meinen Geschmack, zu enge Umarmung, gezogen. „Darf ich vorstellen? Das ist Kail", sagt er als er von mir ablässt und auf den Typen zeigt, den er im Schlepptau hat. Er hat tiefliegende Augen, ist um die eins siebzig groß, schlank und trägt ein wölfisches Grinsen zur Schau.

„Kail, das ist unsere bezaubernde Emma."

Das Funkeln in Luciens Augen gefällt mir nicht. Doch noch viel weniger gefällt mir, dass Kail mich mit seinen Blicken auszieht.

„Hi", sage ich kurz angebunden und wende mich wieder C.J. zu. „Hast du schon angefangen, dich auf das Finale vorzubereiten?", frage ich und gehe mit ihr an den Rand der Tanzfläche, während Lucien und sein Kumpel in der Menge zurückbleiben.

„Na klar! Ich übe täglich mehrere Stunden. Meine Choreografie ist superaufwendig."

„Emma!" Maddies Stimme dringt durch den Lärm der Musik zu mir hindurch. Ich wende mich der Treppe zu und sehe sie gestresst und mit ihrem Smartphone statt unseren Getränken in den Händen auf mich zu kommen. Ich begreife, dass etwas passiert sein muss.

„Entschuldige mich." Ich lasse C.J. stehen und gehe meiner besten Freundin entgegen. „Was ist los?"

„Conny hat angerufen."

Mein Magen zieht sich erschrocken zusammen. „Ist was mit Eli?"

„Ja, er hat Fieber und übergibt sich in einer Tour."

Oje, da bringt sie es über sich, ihn einmal über Nacht

weg zu geben und dann wird er krank. „Dann komm, lass uns verschwinden."

„Bist du sicher?" Sie macht ein bedauerndes Gesicht. „Willst du nicht noch ein bisschen bleiben?"

„Keine Chance, ohne dich macht das hier keinen Spaß."

„Du willst doch nicht schon gehen, oder?" Das ist C.J., die mir gefolgt ist. Sie schlingt die Arme um mich, hält mich fest, als könnte sie so verhindern, dass ich gehe.

„Und das ist?" Maddie hebt überrascht die Brauen.

„Oh, das ist C.J., eine der Finalistinnen der *Channing's Voice Challenge*. Weißt du noch? Ich habe dir von ihr erzählt."

„Ja, richtig."

„C.J., das ist meine Freundin Maddie."

Die beiden tauschen ein Lächeln aus.

„Bleib hier und genieß den Abend", bittet mich Maddie.

„Ich weiß nicht ..."

Sie nimmt meine Hände in ihre und sieht mich eindringlich an. „Gönn dir eine Auszeit. Du hast sie verdient."

Ich seufze. „Na schön", lenke ich ein, woraufhin sie lächelt und mir einen Kuss auf die Wange drückt.

„Dann sehen wir uns morgen. Hab dich lieb."

„Ich dich auch. Bis dann", verabschiede ich mich, doch als sie die Treppe hochgeht, fühle ich mich zwiegespalten. Einerseits will ich nicht ohne Maddie bleiben, andererseits weiß ich, dass sie recht hat. Ich sollte wirklich einen Abend lang alles hinter mir lassen und abschalten.

„Awww, das ist House of Pain!", jubelt C.J. als der D.J. *Jump Arround* spielt. „Komm!" Sie packt mich und zieht mich auf die Tanzfläche zu Lucien und Kail. Die feiern den Song und springen im Takt der pulsierenden Bässe auf und ab. Die Energie auf der Tanzfläche ist ansteckend; alle bewegen sich synchron zur Musik, während Lichtstrahlen den aufsteigenden Nebel durchschneiden. Ich lasse mich von der Energie der anderen mitreißen und stoße meine Hände im Takt in die Luft.

Vielleicht wird der Abend auch ohne Maddie ganz nett, überlege ich, doch zwei Songs später wird mir klar, dass das Wunschdenken ist. Denn Kail tanzt mich von hinten an. Er rückt so nahe zu mir auf, dass ich seinen schwitzigen Körper an meinem spüre. Es schüttelt mich vor Ekel. Ich rücke von ihm ab, tanze mit C.J. die außer Atem ist und sich Luft zufächelt.

„Sorry Leute, muss mal für kleine Mädchen!“, ruft sie uns zu und schiebt sich dann durch die Menge an den Rand. Sie ist kaum außer Sicht, da tanzt mich Lucien an. Ich denke mir nichts dabei, bis er mich an sich zieht und seinen harten Penis spüren lässt. „Dieses Kleid steht dir ausgezeichnet“, raunt er in mein Ohr. „Kail und ich würden es dir zu gerne ausziehen." Bevor ich verstehe, wie mir geschieht, drängt sich sein Freund von hinten an mich und ein zweiter steifer Schwanz drückt gegen meinen Körper. Ich kann nicht fassen was hier passiert. Dass die beiden mich in aller Öffentlichkeit in die Zange nehmen, und sich an mir reiben. „Was hältst du davon, wenn wir uns ein ruhigeres Plätzchen suchen?“

„Verpiss dich!“ Ich stoße Lucien von mir, woraufhin Kail seine Arme von hinten um mich schlingt. Er vergräbt seine Nase über meinem Ohr in meinen offenen Haaren und atmet geräuschvoll ein.

„Widerspenstige Frauen sind mir die liebsten“, sagt er, „die stöhnen so schön laut beim Ficken.“

„So ein Pech, denn Arschgeigen wie du bringen mich zum Kotzen!“, rufe ich, hole aus und trete ihm mit aller Kraft auf den Fuß. Kail lässt von mir ab und ich nutze die Gelegenheit, um zur Treppe und nach oben zu laufen. Aus dem Augenwinkel heraus sehe ich, wie Lucien die gegenüberliegende Treppe ansteuert und mir folgt.

Verdammt noch mal! Wäre ich bloß mit Maddie nach Hause gegangen.

Ich beeile mich zum Ausgang zu kommen, doch Lucien war schneller. Nach mir Ausschau haltend drängt er sich auf der anderen Seite der Ebene an einer Gruppe Kerle vorbei. Gehetzt schaue ich zurück zur Treppe, wo ich Kail entdecke.

Shit, er ist mir ebenfalls gefolgt.

Einen Sekundenbruchteil überlege ich, was ich tun soll. Dann fällt mein Blick auf eine Tür mit der Aufschrift *Privat*. Ich stürme auf sie zu und drehe am Knauf.

Dem Himmel sei Dank, sie ist nicht verschlossen!

Ich fliehe in den abgedunkelten Raum, eine Art Umkleide. Gestresst sehe ich mich um. Da, ganz hinten ist eine weitere Tür. Ich stürme auf sie zu. Sie gibt ein Knarren von sich, als ich sie aufreiße und ins Freie flüchte. Überrascht bleibe ich stehen, denn ich befinde mich in einer Art schmalen Hinterhof. Mein Herz schlägt so heftig, dass es weh tut. Nach Atem ringend stehe ich da, bin ganz allein hier draußen.

Du hast mir versprochen auf dich aufzupassen, höre ich Alexanders Stimme in meinem Kopf. *Wenn er wüsste, wo ich bin ...*

Unbehaglich schlinge ich die Arme um mich und gehe die Gasse hinab. Mein Puls hat sich noch nicht beruhigt, als ich das Knarren der Tür vernehme. Gehetzt werfe ich einen Blick über die Schulter.

Kail! Verdammt!

Ich nehme die Beine in die Hand, laufe los und um die Ecke, wo ich feststelle, dass ich mich in einer Sackgasse befinde.

Was jetzt?

Mir wird schlecht, als ich seine Schritte auf dem feuchten Betonboden näherkommen höre. Während ich fieberhaft überlege, was ich tun soll, nähert sich sein Schatten. Ich erstarre vor Furcht, als er um die Ecke kommt.

„Dachtest du wirklich, wir würden dich so einfach gehen lassen?“, raunt er und seine tiefliegenden Augen wirken im fahlen Licht wie bodenlose Löcher. Kail fletscht die Zähne in einem boshaften Lächeln. „Du wirst jetzt brav meinen Schwanz lutschen, oder …“ Unvermittelt reißt er die Augen auf und gibt ein „Uh“ von sich. Spinne ich, oder steht da jemand hinter ihm, der ihn am Genick gepackt und ihm einen Arm auf den Rücken gedreht hat?

„Das war ein Fehler“, knurrt eine Stimme, die mich am ganzen Körper erschauern lässt.

14
ALEXANDER

Gleißende Wut peitscht durch meinen Körper. Mit einem Ruck reiße ich den Kerl herum und presse ihn mit dem Gesicht gegen die Wand.

„Lass mich los!“, brüllt er und windet sich wie ein Aal unter meinem Griff.

„Typen wie du widern mich an“, knurre ich und schramme mit seinem Gesicht über den rauen Verputz. Der Drecksack jammert und flucht, was mich nur noch weiter anspornt. Alles in mir verlangt danach, ihm die Scheiße aus dem Leib zu prügeln. Schon hebe ich eine Faust.

„Nein, tu es nicht.“ Emmas kühle Finger legen sich auf meinen Unterarm. Die Zähne vor Zorn zusammengebissen, senke ich den Blick auf sie. Panik schimmert in ihren wunderschönen Kobaltaugen. „Das ist er nicht wert“, sagt sie, woraufhin ich das Schwein von der Wand löse und zu Knox stoße.

„Na warte“, schreit mich der Kerl an, während mein Bodyguard ihn an den Oberarmen gepackt festhält. Blut sickert aus einer der Brauen des Kerls und läuft ihm ins Auge. „Das wirst du mir büßen! Ich verklage dich!“

Die Zähne noch immer zusammengebissen trete ich vor ihn und bringe mein Gesicht dicht vor seines. „Tu dir keinen Zwang an“, zische ich und richte mich auf. „Er hat lebenslänglich Hausverbot“, informiere ich Knox.

„Ja, Sir.“

„Setz das Schwein vor die Tür und dann lass die Lounge räumen. Ich will heute Abend keine weiteren Störungen mehr.“

Der Hüne nickt und zieht mit dem zeternden Kerl ab. Noch immer rasend vor Wut drehe ich mich zu Emma um.

Gott sei Dank ist mir vorhin das Gerangel auf der Tanzfläche aufgefallen. Als ich genauer hingesehen habe, habe ich Emma und diesen Typen entdeckt, der sie von hinten bedrängte. Wie konnte sie ihn nur so nah an sich ranlassen?

„Alles okay?“, frage ich und schaffe es nicht, den Zorn in meiner Stimme zu verbergen.

Emma antwortet nicht, sie steht einfach nur mit kreidebleichem Gesicht da. Einen Moment lang sieht sie mich aus glänzenden Augen an. Dann wirft sie sich mir in die Arme und weint.

Ihre Tränen lassen meine Wut verrauchen.

„Schon gut“, sage ich und streichle sanft über ihren nackten Rücken. Das Kleid, das sie trägt, ist nicht nur unverschämt kurz, sondern auch tief ausgeschnitten. Es schmiegt sich wie eine zweite Haut um ihre Kurven. Emma scheint sich dessen nicht bewusst zu sein, aber je nach Lichteinfall wird der himmelblaue Stoff durchsichtig. Kein Wunder, dass die Kerle bei ihrem Anblick am Rad drehen.

Neue Wut wallt in mir auf, wenn ich mir vorstelle,

was dieser Drecksack ihr hätte antun können, wäre ich nicht da gewesen.

„Danke." Emma löst sich schniefend von mir. Wie sie so aus ihren tränenverhangenen Augen zu mir aufsieht, sieht sie fast unerträglich schön aus. „Woher wusstest du, wo ich bin?"

„Ich habe überall meine Augen und Ohren", erwidere ich ruhig.

„Du hast Kail Hausverbot erteilt. Gehört der Club dir?"

So, Kail heißt der Kerl also. Gut zu wissen. „Ja", antworte ich. „Was ist, überrascht dich das? Ich habe dir gesagt, dass mir in New York mehr gehört, als du ahnst."

„Stimmt. Es ist nur, ich habe dich hier noch nie zuvor gesehen." Fröstelnd reibt sie sich über die Arme.

„Wir sollten reingehen", sage ich und will zur Hintertür.

„Nein, warte." Emma hält mich an der Hand zurück. „Ich möchte mich erst noch für heute Mittag entschuldigen. Ich habe überreagiert und hätte dir nicht die Tür vor der Nase zuknallen dürfen."

Wohl wahr. Auch wenn ich mir inzwischen eingestehen musste, dass sie mit ihrem Vorwurf nicht ganz unrecht hatte. „Schon gut, ich ..."

„Nein, bitte, lass mich ausreden." Sie sieht mich eindringlich an. „Es war sehr großzügig von dir, dass du meine Schulden bei Harvey beglichen hast. Aber du hättest es vorher mit mir abklären müssen."

„Ich bin es nicht gewohnt, andere um Erlaubnis zu bitten."

Sie lächelt. „Das kann ich mir vorstellen. Ich würde dir das Geld gerne zurückzahlen."

„Das brauchst du nicht." *Die paar Tausend Dollar? Das ist Trinkgeld für mich.*

„Ich möchte es aber.“

„Sieh es als ein Geschenk.“

Emma legt den Kopf schief und macht ein finsteres Gesicht.

„Du bist ganz schön stur“, sage ich und als sie nichts darauf erwidert, sondern mich weiter mit diesem unnachgiebigen Blick bedenkt, schnalze ich mit der Zunge. „Wenn es dir denn so wichtig ist.“

„Ist es.“

„Na schön. Dann zahl es mir eben zurück. Aber jetzt komm, bevor du dich hier draußen noch erkältest.“

Ich bringe sie zurück in den Club und nach oben in die VIP-Lounge. Wie verlangt hat Knox den Raum räumen lassen.

„Wow“, schwärmt Emma. Sie steht am Eingang und sieht sich mit offenem Mund um.

„Was ist?“, stutze ich. „Meintest du nicht, du wärst schon öfter hier gewesen?“

„Schon, aber nie hier oben.“ Ihr Blick gleitet über die sandsteinfarbenen Säulen und die Fresken römischer Mythologie, die die Wände zieren. Lichtsprengel wandern über die Beistelltische und dunklen Ledersofas, die um eine kleine Tanzfläche herum aufgebaut sind. Emma tritt an das Glasgeländer, das einen Blick auf das Clubgeschehen unter uns preisgibt.

Die Hände in die Hosentaschen meines Anzugs schiebend, betrachte ich sie. Die Lichter der Discokugel tauchen sie in einen hellen Schein und lassen mich die Silhouette ihres Körpers unter dem Kleid erkennen. Mein Blick wandert gerade an ihren cremeweißen Schenkel hinab, als hinter mir eine Kellnerin auftaucht. „Guten Abend, Sir. Was darf ich Ihnen bringen?“

„Champagner, eine Flasche“, antworte ich, ohne mich zu ihr umzudrehen.

„Sehr gerne."

Sie schwirrt ab und ich betrete die Lounge, wo ich auf einem der Sofas Platz nehme und Emmas Anblick genieße. Das Lächeln auf ihrem wunderschönen Gesicht, als sie sich zu mir umdreht, sorgt für ein Glühen in meiner Brust. Sie kommt zu mir.

„Dein Club ist unglaublich", sagt sie und setzt sich zu mir.

„Danke."

„Ich kann mir gar nicht vorstellen, wie es sein muss, so viele Firmen zu führen. Da ist das Label, der Musikladen und dann noch der Club."

„Außerdem die *Manhattan Melody Hall*, eine Produktionsfirma die sich auf Musikvideos spezialisiert hat und ein Streaming-Dienst."

Emma schüttelt den Kopf „Wie schaffst du das alles?"

Ich zucke die Achseln. „Ich habe ein gutes Team."

„Okay." Sie rückt interessiert näher. „Das Musiklabel war dein erstes Baby. Wie ging es weiter?"

„Nach dem Label kam der Musikladen. Ich bin anspruchsvoll, was Instrumente anbelangt. Da hat es sich angeboten. Der Club war Schritt drei, weil ich ein Publikum brauchte, um zu testen, wie meine Songs ankamen."

„Schritt drei ..." Sie zieht grübelnd die Brauen zusammen. „Heißt der Club deswegen *C3*?"

Ich schmunzle. „Gut kombiniert, Sherlock. Wir brauchten damals kurzfristig einen Namen. Channing drei, wie Cedric vorgeschlagen hatte, konnten wir den Club nicht nennen. Also wurde es das *C3*."

„Ist das cool!" Emma strahlt. „Da wäre ich im Leben nicht draufgekommen."

Die Kellnerin kommt zurück. Sie stellt zwei Sektflöten und einen Champagnerkühler mit einer Flasche Moët darin auf den Tisch neben mir.

„Das wäre dann alles“, entlasse ich sie und gebe ihr zu verstehen, dass ich nicht mehr gestört werden will.

„Was ich immer noch nicht verstehe, ist, warum ich dich hier noch nie zuvor gesehen habe“, überlegt Emma, während ich uns einschenke. „Meine Freundin Maddie und ich waren vor etwa zwei Jahren jedes Wochenende hier. Trotzdem bin ich dir nie begegnet.“

Kein Wunder. Vor zwei Jahren war ich drauf und dran den größten Fehler meines Lebens zu machen. Da hatte ich keine Zeit für den Club. „Das *C3* ist groß“, sage ich ausweichend und reiche ihr ein Glas. „Auf einen schönen Abend“, wechsle ich das Thema.

„Ja, auf einen schönen Abend. Hätte nicht gedacht, dass es noch einer wird.“ Emma stößt mit mir an, nippt an ihrem Glas und hebt den Blick als der D.J. *No Guidance* von Chris Brown und Drake spielt. „Ich liebe den Song“, schwärmt sie und wiegt ihren Oberkörper im Rhythmus der Musik. „Was ist?“, fragt sie, als sie mein Grinsen bemerkt.

„Das kannst du besser", sage ich und streiche mit einem Finger über ihren nackten Schenkel, knapp unter dem Saum ihres funkelnden Kleidchens. „Tanz für mich“, verlange ich.

Emma schluckt und sieht zwischen meinen Augen hin und her. Erst denke ich, sie widersetzt sich, doch dann stellt sie ihr Glas beiseite und steht auf.

Fuck.

Allein, dass sie mir gehorcht, schickt eine Ladung Blut in meinen Lendenbereich. Ich stelle mein Glas ebenfalls weg und lege die Arme auf die Couchlehne.

Den Blick mit meinem verwoben, wiegt Emma ihre Hüften. Ihre Hände streichen seitlichen an ihren

Brüsten empor, über den Hals und durch ihre Locken. Ihre Bewegungen sind sinnlich und betont, die pure Verführung. Sie schließt die Augen, gibt sich der Musik hin, während die Lichter des Clubs über ihren Körper wandern. Ihr Anblick ist unglaublich. Sie ist wie eine Sirene, deren Ruf ich nicht widerstehen kann. Seit dem Sex im Musikladen muss ich immerzu an ihre magische Pussy denken, sehne mich nach diesem unbeschreiblichen Gefühl, in ihr zu sein. Ich kann nicht anders und hole meinen Schwanz hervor.

Emma hat die Augen noch immer geschlossen. Während sie die Hände über den Kopf nimmt, sich im Rhythmus räkelt, massiere ich meine Länge. Ich stelle mir vor, wie ich sie aus diesem Hauch von Kleid schäle, sie über das Glasgeländer beuge und ficke. Der Gedanke lässt meinen Schwanz begeistert zucken.

Der Song neigt sich zum Ende und als der D.J. die ersten Klänge von Teddy Swims – *Lose Control* untermischt, hebt Emma die Lider. Es dauert einen Moment, bis sich ihr Blick klärt. Sie sieht zu mir und erstarrt in der Bewegung, als sie begreift, was vor sich geht. Ihre Augen sind auf meinen Schwanz gerichtet, den ich in aller Ruhe weiter massiere. Einen Moment lang steht sie reglos da, scheint nicht zu wissen, wie sie mit der Situation umgehen soll. Dann hebt sie den Kopf und als sich unsere Blicke begegnen, fängt die Luft um uns herum Feuer. Ich winke sie mit einem Finger zu mir, und Fuck! wieder gehorcht sie. Mit wiegenden Hüften kommt sie her, legt mir die Hände auf die Schultern und setz sich rittlings auf mich. Provokant leckt sie sich über die Hand, schiebt die meine beiseite und greift nach meinem Schwanz. Scharf sauge ich Luft durch die Zähne, als sich ihre feuchten Finger um meinen Schaft schließen. Emma lässt meine Länge durch ihre hohle

Hand gleiten. Ihre Berührung sendet einen stromschlagartigen Impuls durch meinen Körper und bringt meine Nervenenden zum Vibrieren. Grob packe ich an ihren Hintern, schnappe mir den Saum des Kleides und ziehe es ihr aus.

„Verdammt", knurre ich, denn nun sitzt sie in nichts weiter als einem schwarzen Tanga auf mir. Nachdem was ich durch das Kleid erkennen konnte, hatte ich schon vermutet, dass sie keinen BH trägt, aber ihre Brüste nackt und prall vor mir zu haben, das ist zu geil! Ich umfange sie. Sie sind wie für mich gemacht, liegen weich und voll in meinen Händen. Begierig beuge ich mich vor, sauge an einem ihrer harten Nippel, was Emma ein Stöhnen entlockt. Sie hebt das Becken, schiebt den Tanga beiseite und positioniert sich über mir. Quälend langsam lässt sie sich auf meinem Steifen nieder, nimmt ihn Zentimeter für Zentimeter in sich auf. Meine Hoden ziehen sich zusammen, so verdammt gut fühlt sich ihre Pussy an. Feucht, warm und höllisch eng umschließt sie mich. Wie beim letzten Mal überkommt mich direkt wieder dieses unbändige Verlangen nach mehr, weshalb ich tief in sie stoße. Ich stöhne, komme mir vor wie ein Süchtiger, der sich eine Dosis seines Lieblingsstoffs reinzieht.

Was stellt diese Frau nur mit mir an?

Eine Hand in ihren Locken vergrabend, zwinge ich sie, mich anzuschauen. Und da sehe ich sie, die Antwort, nach der ich suche. Emmas Miene ist gezeichnet von Lust, ihre Augen, ein Spiegel zu meinen. Sie empfindet dasselbe unbändige Verlangen wie ich. Keine Ahnung, was das zwischen uns ist, oder warum wir so heftig aufeinander reagieren – und es ist mir auch egal. Alles, was ich wissen muss, ist, dass es Emma genauso geht wie mir.

Ich ziehe sie zu mir, drücke meine Lippen auf ihre. Mit einem Keuchen öffnet sie den Mund, gewehrt mir Einlass. Während sich unsere Zungen in einem heißen Tanz liebekosen, schiebt Emma ihre Hände an meinen Nacken und reitet mich. Ihre Bewegungen sind erst gemächlich, werden jedoch rasch schneller. Ich ziehe sie dichter an mich, will jeden Zentimeter ihres Körpers fühlen. Bald habe ich das Gefühl, als würden unsere Körper miteinander verschmelzen. Immer begieriger bewegt sich Emma über mir, reibt ihren Kitzler über mein Schambein. Schon kann ich fühlen, wie sich ihre Muskeln fester um mich schließen. Einen Moment später schreit sie auf und wirft den Kopf in den Nacken. Ihr zuzusehen, wie sie kommt, das Gesicht von Ekstase gezeichnet ist schwanzzerreißend heiß. Ich warte, bis ich sicher bin, dass die Wellen ihres Höhepunkts abgeklungen sind.

„Steh auf", sage ich, als sie schließlich meinen Blick sucht. Emma gehorcht. „Ich bin noch nicht fertig mit dir", erkläre ich, schnappe mir mit beiden Händen ihren Tanga und zerreiße ihn. Nun steht sie in nichts als ihren High-Heels da.

„Alexander", keucht sie, als ich sie zu mir ziehe, mir eines ihrer Beine über die Schulter lege und das Gesicht in ihrer Pussy vergrabe. Ihre Lust ist nass und salzig. Genüsslich lecke ich alles auf, bevor ich an ihrer geschwollenen Klit sauge. Emma erschauert. Ich nehme ihren Schenkel herab und stehe auf. Obwohl sie hohe Schuhe trägt, ist sie gut und gerne zehn Zentimeter kleiner als ich.

„Dreh dich um", befehle ich und als sie meiner Aufforderung nachkommt, lege ich ihr eine Hand in den Rücken. „Und jetzt beug dich vor und stütz dich an der Sofalehne ab. Mein Schwanz zuckt, denn sie macht brav, was ich will. Als sie in der gewünschten Position ist, streiche ich mit meiner Eichel über ihren einladend glänzenden Eingang. Emma wimmert und schiebt mir ihren Hintern entgegen. „Sag mir, was du willst", raune ich und streichle über ihre Pobacken.

„Dich", keucht sie.

„Willst du, dass ich dich ficke?" Ich tauche meine Spitze in sie.

„Ja", kommt es rau.

„Ja, was?"

Mein Schwanz ist inzwischen unerträglich hart. Er pulsiert in meiner Hand. Wenn man bedenkt, wie stur und stolz Emma normalerweise ist, ist es überraschend, dass sie auch eine devote Seite hat. Aber genau die sorgt dafür, dass ich mich jeden Moment vergesse.

„Ich will, dass du mich fickst", wimmert sie. Das wollte ich hören. Nun gibt es kein Zurück mehr. Hart schiebe ich mich in sie und entlocke ihr einen kehligen Laut. Ich kreise meinen Schwanz in ihr, genieße die feuchte Enge, ehe ich in tiefen Stößen in sie zu pumpen beginne. Erst gemächlich, dann immer schneller stoße ich in sie. Meine Hände liegen auf ihren Hüften, drücken sich in ihre blasse Haut. Ein roter Scheinwerferkegel rollt durch die Lounge und taucht unsere Körper in spektakuläres Licht. Emma schiebt eine Hand zwischen ihre Schenkel. Das habe ich weder verlangt noch erlaubt. Darum versetze ich ihr zur Strafe einen leichten Hieb auf den Hintern. Ihre Reaktion darauf lässt mich fast kommen. Denn statt sich zu beschweren, seufzt sie vor Wonne auf und ihre inneren Muskeln ziehen sich himmlisch um meinen Schwanz herum zusammen.

Ich schlucke, hole aus und versetzte ihr einen Klaps auf die andere Pobacke. Emma schreit auf vor Lust. Ich merke, wie sie fiebrig ihre Klit massiert. Sieht steht genauso kurz wie ich vor dem Höhepunkt. Mit meinem dritten Hieb schiebe ich mich tief in sie und gebe uns beiden damit den Rest. Emma schreit in ihrem Höhepunkt auf, während sich die Welt um mich herum auflöst. Es ist der intensivste und längste Orgasmus, den ich je hatte. Bis zum Anschlag in Emmas Pussy vergraben wird mir klar, dass ich alles für diese Frau tun werde, denn ich bin ihr mit Haut und Haar verfallen.

15
EMMA

Nach Atem ringend stehe ich über das Sofa gebeugt da, als sich Alexander aus mir zurückzieht. Mein Körper glüht und meine Beine zittern vor Anstrengung.

Das war … unglaublich …

Seine Hose schließend geht er um mich herum und setzt sich zurück auf das Sofa. Aus seinem Jackett holt er ein Taschentuch, das er mir reicht. Während ich mich sauber mache und in mein Kleid schlüpfe, misst Alexander mich mit nachdenklichem Blick. Schließlich nimmt er mich bei der Hand und zieht mich auf seinen Schoß.

„Du und ich", sagt er in ernstem Ton, „ich will, dass das funktioniert."

Wow! Mein Herz macht einen verliebten Satz. Damit habe ich nicht gerechnet. Ich meine, ja, ich habe mich auch schon gefragt, was das zwischen uns ist, aber nachdem was C.J. erzählt hat, war ich sicher, dass Alexander kein Beziehungstyp ist.

„Ich auch", sage ich und beiße mir auf die Lippe, kann nicht glauben, dass das gerade passiert. Doch der

Ausdruck in seinen Augen, lässt keinen Zweifel daran, dass er meint, was er sagt.

„Na schön", sage ich. „Wenn das zwischen uns etwas Ernstes werden soll, möchte ich dich besser kennenlernen."

„Nichts lieber als das." Er nimmt mein Haar zur Seite und drückt einen Kuss auf meinen Hals, der mir eine Gänsehaut beschert.

„Nicht so", sage ich lachend und schiebe ihn von mir. Alexander zeigt seine perfekten Zähne in einem verschmitzten Grinsen.

„Wie dann?" Er senkt den Blick auf meinen Ausschnitt. Ich lege einen Finger unter sein Kinn und hebe es an, damit er mir in die Augen sieht.

„Erzähl mir etwas über dich", bitte ich. „Lass mich hier hineinsehen." Ich lege eine Hand auf sein Herz, woraufhin sein Grinsen einem Lächeln weicht, das Schmetterlinge in meinem Bauch aufsteigen lässt.

„Was möchtest du wissen?"

„Alles. Am besten, du fängst mit deiner Kindheit an", schlage ich vor, woraufhin er nickt und sich entspannt auf dem Sofa zurücklehnt.

In der kommenden Stunde erfahre ich, dass Alexander schon als Junge ein Geschäftsmann war. Mit fünf hatte er einen Limonadenstand, mit sechs veranstaltete er seinen ersten Garagenflohmarkt und als er acht war, hat er an einer Fundraising-Aktion seiner Schule teilgenommen. Er hat doppelt so viel Schokolade wie die anderen Kinder verkauft und ein nigelnagelneues Fahrrad gewonnen. Er liebt seine Mom, ist Einzelkind, hatte seine erste Beziehung mit sechzehn und seine letzte vor zwei Jahren. Gabriela war ihr Name.

„Darf ich fragen, warum Gabriela und du euch getrennt habt?"

Ein Schatten verdunkelt sein Gesicht. „Sagen wir einfach, dass ich mich in ihr getäuscht habe. Für jemanden in meiner Position ist es nicht immer einfach, Leute richtig einzuschätzen."

Das klingt, als hätte sie ihm das Herz gebrochen. Das tut mir leid.

Ich beschließe, nicht weiter auf dem Thema herumzureiten. Stattdessen erzähle ich ihm von meiner Kindheit, die sich größtenteils im Restaurant meiner Eltern abgespielt hat. Als der D.J. *Cake by the Ocean* von DNCE spielt, schaue ich auf.

„Ich liebe den Song", sage ich gut gelaunt, rolle mit den Schultern und singe den Text mit. „Weißt du was, gerade wird mir klar, dass ich in den drei Jahren, in denen ich in New York lebe noch kein einziges Mal am Strand war." Kopfschüttelnd stehe ich auf.

„Was hast du vor?" Alexander runzelt die Stirn.

„Nach was sieht es denn aus? Tanzen! Los komm!" Obwohl ich nicht glaube, dass er mitmacht, ziehe ich ihn auf die Füße. Doch Alexander überrascht mich, er nimmt eine meiner Hände, hebt sie über meinen Kopf und dreht mich um meine eigene Achse. Ich lache überrascht auf und schmiege mich an seinen männlichen Körper, als er mich an sich zieht und wir gemeinsam die Hüften kreisen lassen. Respekt, er ist ein ebenso guter Tänzer wie Liebhaber.

Wir tanzen, bis mir die Puste ausgeht, dann machen wir uns über die Flasche Schampus her und genießen den Abend, bis der Club schließt. Alexander bittet mich bei ihm zu schlafen, doch ich lehne ab. Nachdem ich meine letzten Mäuse für Schuhe ausgegeben habe, muss ich morgen unbedingt Geld verdienen.

„Und ich kann dich sicher nicht überreden, bei mir zu schlafen?", erkundigt er sich, als sein Chauffeur in der Morgendämmerung auf der Straße vor meiner Wohnung hält.

„Ein andermal gerne, aber heute geht es wirklich nicht.“ Ich beuge mich zu ihm, will ihm einen Abschiedskuss geben, doch Alexander hat nicht vor, mich so schnell gehen zu lassen. Ehe ich verstehe, wie mir geschieht hat er mich auf seinen Schoß gezogen und seine Zunge in meinen Mund getaucht. Er schiebt eine Hand an meinen Nacken, hält mich besitzergreifend gepackt und küsst mich auf eine Weise, die für ein Pochen zwischen meinen Schenkeln sorgt. Meine Hände verselbstständigen sich, ziehen ihm das Hemd aus der Hose und schieben sich darunter. Ich frage mich, ob ihm neben den ganzen Firmen vielleicht auch noch ein Fitnessstudio gehört, denn Alexander Channing hat einen Waschbrettbauch. Begierig erkundige ich ihn, lasse meine Finger über die harten Muskeln wandern, während er mir die Träger meines Kleides über die Schultern schiebt und meine Brüste freilegt. Als ich meine Hand in seine Hose schiebe, begreife ich, was ich da tue. Peinlich berührt werfe ich einen Blick zum Chauffeur. Der Mann besitzt Anstand. Er hat die Trennwand hochgelassen. Dennoch breche ich an der Stelle ab.

„Was ist?“ Alexanders graue Augen brennen vor Lust.

„Ich sollte jetzt wirklich gehen“, sage ich entschuldigend und rutsche von ihm herunter. Seine Enttäuschung ist praktisch mit Händen zu fassen. Ich bin sicher, dass er mir gerne befehlen würde, bei ihm zu bleiben und zu beenden, was wir begonnen haben, doch er hält sich zurück.

„Sehen wir uns morgen?“, frage ich hoffnungsvoll.

Er nickt. „Ich schreibe dir.“

„Okay.“ Ich kann nicht anders und küsse ihn noch einmal kurz zum Abschied. Dann steige ich aus und schaue mit einem verliebten Lächeln zu, wie er davonfährt.

Der Sonntag wird ein Marathontag. Um möglichst viele Urlauber zu erwischen, bin ich schon um neun aufgestanden und an den Union Square gefahren. Obwohl ich müde bin, kann ich nicht aufhören zu grinsen, weil ich mich auf der Gitarre begleite, die mir Alexander geschenkt hat. Ich muss immerzu an ihn denken und frage mich, was er gerade macht.

Bis mittags läuft es mau. Die Leute sind nicht besonders spendabel. Doch gegen zwei Uhr nachmittags werde ich von einer achtköpfigen Urlaubergruppe entdeckt. Sie sind hin und weg von meinen Songs und werfen insgesamt unglaubliche vierhundert Dollar in meinen Gitarrenkoffer. Zur Feier des Tages gönne ich mir von dem Geld zum ersten Mal seit einer kleinen Ewigkeit ein anständiges Mittagessen in einem Diner. Da mir Alexander noch nicht geschrieben hat und ich wie ein ungeduldiges Kind auf eine Nachricht von ihm warte, lenke ich mich nach dem Essen direkt wieder mit Arbeit ab. Ich bleibe bis in die frühen Abendstunden am Union Square.

Müde, aber glücklich, mache ich mich schließlich auf den Heimweg und nutze die Zeit, um mit Maddie zu telefonieren. Eli geht es Gott sei Dank besser. Maddie vermutet, dass er sich irgendeinen Virus eingefangen hat. Als ich ihr berichte, was gestern noch passiert ist, nachdem sie den Club verlassen hat, fällt sie aus allen Wolken. Sie will, dass ich ihr alles, bis ins kleinste Detail erzähle, was ich tue ... bis auf die Sache mit dem Sex. Die schneide ich nur grob an.

„Unfassbar. Ich schwöre dir, wenn ich Kail oder diesen Lucien in die Finger bekomme, mache ich Hackfleisch aus ihnen."

Der Gedanke an die beiden lässt mich frösteln.

„Und du glaubst, Alexander weiß nicht, dass Lucien dich ebenfalls belästigt hat?", fragt sie.

„Davon bin ich überzeugt." Wenn ich bedenke, wie heftig er auf Kail reagiert hat. Nein, er weiß nichts von Lucien.

„Sagst du es ihm?"

Darüber habe ich tatsächlich schon eine Weile nachgedacht. „Ich denke nicht."

„Warum?"

„Weil ich meine Probleme allein lösen kann."

„Bist du sicher? Ich glaube, dass Alexander ausrasten würde, wenn er davon wüsste."

Ein Grund mehr, es ihm nicht zu erzählen. Ich will nicht, dass er sich meinetwegen Ärger einhandelt. „Ganz sicher. Und keine Sorge wegen Lucien. Sollte er mir nochmal zu nahekommen, bin ich schneller bei der Polizei als er gucken kann." *Von Idioten wie ihm lasse ich mich nicht einschüchtern.*

„Na schön. Was ist mit Alexander, weißt du schon, wann ihr euch wiederseht?"

„Leider nein, er wollte mir schreiben, aber ..." Ich bleibe stehen. Da, auf der Straße vor meiner Wohnung steht ein feuerroter Maserati, dessen Scheiben im Licht der untergehenden Sonne glänzen.

„Aber?", wiederholt Maddie, während die Fahrertür aufschwingt und mein Herz einen Satz macht.

„Er ist hier?"

„Er? Von wem redest du?"

„Alexander. Ich rufe zurück, ja?" Schon habe ich aufgelegt und das Handy eingesteckt. Alexander, der mich erwartet zu haben scheint, kommt auf mich zu. Es ist das erste Mal, dass ich ihn nicht im Anzug, sondern einem Poloshirt, Sneakers und einer sexy tiefsitzenden Jeans sehe. Er trägt eine dieser Top Gun-Sonnenbrillen und bedenkt mich mit seinem tausend Watt Lächeln, das meine Knie weich werden lässt.

„Wartest du auf mich?", frage ich, als er mich an sich zieht und mit einem Kuss begrüßt, bei dem mir schwindelig wird.

„Ich habe eine Überraschung für dich", erklärt er, als er von mir ablässt und mir den Gitarrenkoffer abnimmt.

„Und die wäre?", frage ich und gehe neben ihm her zum Wagen.

Alexander grinst. „Das wirst du gleich sehen. Einsteigen." Er öffnet die Beifahrertür für mich und ich sinke auf den Sitz. Mein Herz hämmert vor Aufregung und in meinem Bauch kribbelt es, als er um den Wagen geht, den Gitarrenkoffer auf der Rückbank verstaut und hinters Lenkrad sinkt. Der Motor springt mit einem Knurren an, das in meinem Körper widerhallt.

„Wie war dein Tag, Babydoll?", will Alexander wissen, als er sich in den Verkehr einfädelt.

„Sehr gut. Ich glaube, ich habe so viel wie noch nie an einem einzigen Tag eingenommen."

„Das freut mich." Er nimmt meine Hand, tupft einen Kuss auf meine Fingerknöchel und legt sie zusammen mit seiner auf mein Bein. Hier mit ihm zu sitzen, ihn wiederzusehen ist das Highlight meines Tages.

Während wir in Richtung Süden fahren, erzählt er mir, dass sein Chauffeur Maxwell heute Vater wurde und er ihm für den Rest des Tages sowie die kommende Woche freigegeben hat.

Ich frage mich, wie Alexander zum Thema Kinder steht, finde es jedoch zu früh darüber zu reden.

Wir fahren einen Abhang hinab und erreichen einen abgelegenen Parkplatz. Schon beim Aussteigen bemerke ich den Tisch und die beiden Stühle, die am angrenzenden Strand aufgebaut sind. Es gibt eine weiße Tischdecke, Weingläser und Kerzenschein.

„Wie wunderschön! Ist das für uns?", frage ich begeistert, als wir auf den Tisch zusteuern.

„Ein Candlelight-Dinner am Strand", erklärt er. „Du meintest gestern, dass du in all den Jahren, seit du hier lebst, noch nie am Strand warst. Da dachte ich mir, das müssen wir ändern."

„Was für eine wundervolle Idee." Ergriffen, drücke ich mir die Hände auf die Brust, kann mich nicht erinnern, dass je jemand etwas so Romantisches für mich getan hat.

„Und danach", sagt er, schlingt von hinten die Arme um mich und küsst mich auf die Schläfe, „werden wir dort draußen übernachten." Er deutet auf eine Yacht, die in der Bucht vor uns vor Anker liegt.

„Ich soll bei dir schlafen? Aber ich war noch gar nicht zu Hause. Ich sollte mich duschen und umziehen."

„Duschen kannst du mit mir und Klamotten ..." Er streicht mit der Zungenspitze über meine Ohrmuschen, „brauchst du keine."

„Aber ..."

„Kein Aber. Du hast mir gestern versprochen, dass du ein andermal bei mir schläfst. Heute ist ein andermal." Er zieht mich enger an sich, lässt mich fühlen, dass er mich genauso vermisst hat, wie ich ihn. „Von nun an, wirst du jede Nacht mit mir verbringen“, entscheidet er.

Und genau so kommt es. In den kommenden Tagen verbringe ich nicht nur die Nächte, sondern jede freie Minute mit Alexander. Ich stelle ihm Maddie vor, begleite ihn auf eine Firmenreise nach Italien und nehme ihn einen Vormittag lang mit in den Central Park, wo ich dank seines Promistatus ein kleines Vermögen mache. Mein Leben ist perfekt. Die Videos auf den Sozialen Medien laufen wie verrückt. Bald habe ich die ersten Werbeanfragen.

Nach all den Jahren, in denen ich mich abgekämpft habe, läuft es endlich gut für mich. Mehr noch, mein Leben ist wie ein Traum und ich genieße jede Minute davon.

16
ALEXANDER

„Du hängst ja schon wieder am Handy", wirft mir Raffaele vor, als ich am Sonntagnachmittag im *Pitch Paradise*, Coles Golfclub, eine Runde mit ihm und den Jungs spiele.

„Ich check nur die Scores", behaupte ich und packe das Telefon in meine Golftasche. In Wahrheit wollte ich wissen, ob Emma mir geschrieben hat – was nicht der Fall ist. Seit dem Abend im *C3* ist dies der erste Tag, den wir nicht zusammen verbringen.

Jonah deutet mit seinem Schläger auf das Grün. „Konzentrier dich lieber hierauf. Du liegst drei Schläge zurück."

Ich werfe meinem Freund mit dem dunkelblonden, kurz geschnittenen Haar und den blauen Augen einen herausfordernden Blick zu.

„Keine Sorge", sage ich, während er sich zum Abschlag bereit macht. „Das hole ich schon auf. Gib du lieber acht, dass du deinen Ball nicht versehentlich recycelst – wir wollen ihn nicht aus der nächsten Mülltonne fischen", ziehe ich ihn auf, was Cole und Raffaele grinsen lässt. Jonah ist Inhaber von *Kent Solutions* einer

Abfallverwertung- und Recyclingfirma. Er wurde kürzlich zum Unternehmer des Jahres gekürt und ist überaus engagiert im Umweltschutz – weshalb ihn die Medien den *sexy Müllengel der USA* nennen.

„Haha, ich lach mich tot", meint er humorlos, schlägt ab und versenkt den Ball mit einem Hole in One. „Ha!", ruft er und wirft mir einen Blick über die Schulter zu. „Sicher, dass du noch aufholst?"

Ich spare mir einen Kommentar, weiß, dass meine Chancen schlecht stehen.

„Dachte ich mir." Siegessicher wendet sich unser Recyclingkönig Raffaele zu. „Du bist dran", sagt er und macht für den dunkelhaarigen Immobilien- und Bau-Mogul Platz. Der tritt selbstbewusst an das Tee, bereit, mit einem kraftvollen Schwung den Ball weit über das Fairway zu schicken. Raffaele ist der Ehrgeizigste von uns vieren. Er ist ein ausgezeichneter Geschäftsmann und wusste schon damals an der Universität in Berkeley, wie er bekommt, was er will. In seiner Branche gilt er als unbarmherzig und arrogant. Sogar eine Verbindung zur italienischen Mafia wird ihm nachgesagt. Doch ich kenne ihn, weiß, dass mehr in ihm steckt als ein eiskalter Geschäftsmann, und er alles für die Menschen tut, die ihm nahestehen. Damals, auf der Uni, war ich ungewollt in eine Protestaktion auf dem Campus geraten, die eskalierte. Die Polizei kassierte mich, zusammen mit den anderen Unruhestiftern, ein. Das hat Raffaele mitbekommen. Er hat die Kaution gestellt und mich rausgeholt. Als ich ihm erklären wollte, dass ich unschuldig war, winkte er ab und meinte, dass es keine Rolle spielen würde; er wäre mein Freund und hätte mir so oder so geholfen.

Mit einem schiefen Lächeln betrachte ich Raffaele der weit ausholt und abschlägt.

„Owww, ein Satz mit x, das war nix!", freut sich Jonah, als der Ball im Rough landet. Wie es aussieht, bin ich nicht der Einzige, der heute schlecht spielt. Raffaele knurrt etwas Unverständliches. Als er den herannahenden Getränkewagen bemerkt, steckt er sein Eisen in die Golftasche.

„Auszeit", sagt er, „ich brauche was zu trinken."

„Ich empfehle eine Flasche Zielwasser!", neckt ihn Jonah.

Während die beiden auf den Wagen zugehen, wende ich mich Cole zu und sehe, dass sein Blick nachdenklich in die Ferne gerichtet ist.

„Was ist, wo bist du mit deinen Gedanken?", frage ich, woraufhin er blinzelt und mich ansieht. „Etwa bei der Kleinen, von der du mir neulich erzählt hast?"

„Was? Nein. Um ehrlich zu sein, musste ich gerade an Sarah James denken."

„Sarah James? Die, die mit uns in Berkeley studiert hat?"

„Ja. Jonah und ich waren neulich mit ihr verabredet."

„Und?" Seinem Gesichtsausdruck nach war es kein angenehmes Treffen.

Cole kratzt sich am Hinterkopf. „Sagen wir so, Sarah war sehr offensiv. Sie hat zuerst Jonah und dann mich angebaggert, und das jeweils in Gegenwart des anderen. Ich hatte das Gefühl, als wäre es ihr egal, wen von uns beiden sie abschleppt."

„Hast du sie dir gekrallt?"

„Nein!" Er klingt beinahe empört.

„Warum nicht? Sarah ist attraktiv. Eine Chance wie diese lässt du dir doch sonst nicht entgehen." *Jonah ja, der ist in puncto Frauen zurückhaltender, aber Cole?* „Außerdem ist sie kein Mitglied deines Golfclubs." Was bedeutet, er würde seine oberste Regel: Niemals mit einem Mitglied seines Clubs zu schlafen, nicht brechen.

Statt näher auf das Thema einzugehen, weicht er meinem Blick aus und meint schlicht: „Ich hatte einfach keine Lust auf sie."

Cole lässt normalerweise nichts anbrennen. Ich frage mich, ob seine Zurückhaltung mit seiner Bekanntschaft von neulich zu tun hat, beschließe jedoch, die Sache auf sich beruhen zu lassen. Ich kenne ihn, wenn er so weit ist, darüber zu reden, wird er von sich aus damit zu mir kommen.

Mein vibrierendes Handy erregt meine Aufmerksamkeit.

„Entschuldige", sage ich, hole es hervor und sehe, dass mir Emma geschrieben hat.

Emma
Kann es kaum erwarten, bis du morgen zurück bist. Ich vermisse dich.

Ihre Worte und der Herzsmiley, den sie ihnen angehängt hat, sorgen für ein warmes Ziehen in meinem Bauch.

„Interessant."

Coles Stimme lässt mich auf- und ihn ansehen.

„Was ist?", frage ich, weil er grinst.

Er deutet mit dem Kinn auf mein Handy. „Wer ist die Kleine, die dir da schreibt und was hat sie mit meinem besten Freund gemacht?", will er wissen und verschränkt die Arme vor der Brust, sodass sein Poloshirt eng über den Oberarmen spannt.

„Mit mir gemacht?"

„Na, du wirkst wie ausgewechselt. Neulich in San Francisco hast du das ganze Wochenende über schlechte Laune geschoben."

„So ein Blödsinn!"

Er hebt eine Braue, misst mich mit einem wem-versuchst-du-hier-was-vorzumachen-Blick.

„Schon gut", lenke ich ein. „Hast ja recht."

„Also, wer ist die Kleine? Etwa die Blondine von der Audition? Die Finalistin, von der du mir erzählt hast?"

„Emma, ja."

„Sieh mal einer an, dann wurde der große Alexander Channing, unser überzeugter Dauersingle also doch noch erobert." Cole zieht einen Mundwinkel hoch, zeigt ein schiefes Grinsen, das direkt wieder in sich zusammenfällt. „Aber es gibt ein Problem", bemerkt er und zeigt auf die Stelle über meiner Nasenwurzel. „Diese Sorgenfalte habe ich zuletzt vor zwei Jahren gesehen."

Und wir beide wissen, was das bedeutet.

Ich seufze und beschließe, ihm mein Herz auszuschütten.

„Das mit Emma." Ich zucke mit den Schultern, suche nach den richtigen Worten. „Es ist ... unbeschreiblich. Sie ist perfekt."

„Aber das ist doch gut."

„Nein, du verstehst das nicht. Sie macht mich glücklich", sage ich aufgebracht.

Cole sieht mich an, als hätte ich nicht mehr alle Latten am Zaun. „Nein wie schrecklich, sie macht dich glücklich."

„Das ist nicht witzig, okay? Was ich für sie empfinde, macht mir eine Scheißangst! Ich habe das Gefühl, dass sie zu gut ist für mich. Was, wenn sie plötzlich genug von mir hat und mich verlässt? Oder schlimmer ..., wenn sie wie Gabriela ist?"

Das ist es. Jetzt ist er raus, der Grund für diese tiefe Angst, die seit Tagen in mir schwelt.

Coles Miene wird ernst. „Verstehe, daher weht der Wind.“

„Ich würde es nicht ertragen, wenn sie ...“

„Ein Golddigger wäre?“, bringt er die Sache auf den Punkt und plötzlich läuft meine Vergangenheit und die acht Monate Beziehung mit Gabriela wie in einem Schnelldurchlauf in meinem Kopf ab.

Ich sehe Gabriela, die ich auf der Rolltreppe des Nobelkaufhauses überholen will und dabei um ein Haar umstoße. Zur Wiedergutmachung lade ich sie in ein nobles Restaurant ein auf dessen Herrentoilette sie mir im Anschluss einen bläst. Ich sehe, wie wir uns daten, sie bei mir einzieht, ich sie meinen Freunden vorstelle. Heißer, dreckiger Sex. Immer wieder. Ich sage ihr, dass ich glücklich mit ihr bin. Von da an verändert sich die Dynamik in unserer Beziehung. Sie wird besitzergreifend, versucht mich von meinen Freunden fernzuhalten und hat immer exorbitantere Wünsche, wie neue Brüste, Diamantohrringe oder einen Lamborghini. Eines Abends im Kino deutet sie an, dass sie mich heiraten will ... nach nur drei Monaten Beziehung. Sie überredet mich, ihre Familie in Columbien zu besuchen, der wir jede Menge Geschenke mitbringen. Ich werde überschwänglich empfangen und von allen Seiten bedrängt. Die Familie will, dass ich aus Gabriela eine ehrbare Frau mache. Doch ihre Forderungen prallen an mir ab. Ich bin noch nicht so weit, ihr einen Ring an den Finger zu stecken. Dann, plötzlich, steht sie vor mir, mit einem Schwangerschaftstest. Ich soll Vater werden?! Von einem Moment auf den anderen ist die Welt eine andere. Ich fühle mich ihr und dem Kind gegenüber verpflichtet. Trotz eines unguten Bauchgefühls mache ich ihr einen Antrag. Schließlich will ich, dass das Kind meinen Namen trägt. Die Hochzeit wird vorbereitet. Es soll ein pompöses, unvergessliches Fest werden. Doch dann, am großen Tag finde ich heraus, dass sie mich angelogen hat und die Schwangerschaft vortäuscht, damit ich sie heirate. Die Hochzeit platzt und meine Welt versinkt in Schmerz, Wut und dem Versprechen mir selbst gegenüber, nie wieder eine Frau so nah an mich ranzulassen.

„Alex ... Alex."

Blinzelnd tauche ich aus meinen Erinnerungen auf. Coles Hand liegt auf meiner Schulter.

„Nicht alle Frauen sind wie Gabriela."

„Nicht alle, aber vielleicht Emma", sage ich und habe das Gefühl, als würde jemand meine Kehle zudrücken.

„Schön, dann gehen wir die Sache anders an. Wie lange läuft das zwischen Emma und dir schon?"

„Seit gut zwei Wochen."

„Wird sie depressiv, wenn du ihr nicht regelmäßig hübsche Sachen kaufst?"

„Nein."

„Macht sie dir schöne Augen, wenn ihr Shoppen geht und an einem Juwelier vorbeikommt?"

„Wir waren noch nicht Shoppen."

„Aha. Nun, dann hat sie dich vielleicht um Geld gebeten? Oder besser noch, dich überredet, ihr eine deiner Kreditkarten zu überlassen?"

Ich verstehe, worauf er hinauswill. Das alles hat Gabriela innerhalb der ersten zehn Tage getan. Ich hätte erkennen müssen, dass sie hinter meinem Geld her war, habe es aber nicht, weil ich damals blind vor Liebe war.

„Nein, Emma hat mich nie um Geld gebeten", gebe ich zu. „Sie tickt vollkommen anders als Gabriela. Neulich habe ich ihre Miete übernommen, weil ich wusste, dass sie knapp bei Kasse war. Sie wurde wütend und hat darauf bestanden, mir das Geld zurückzuzahlen."

„Das klingt doch gut."

„Ja. Wie gesagt, Emma ist großartig. Mein Problem ist, dass ich so verrückt nach ihr bin, dass ich Angst habe, etwas zu übersehen."

Cole nickt verständnisvoll. „Ich verstehe, dass du nach allem, was du erlebt hast, vorsichtig bist. Aber du solltest dein Leben nicht von deiner Vergangenheit beeinflussen lassen. Niemand sagt, dass du die Sache mit Emma überstürzen musst. Geh es langsam an, lass dir Zeit. Euch läuft nichts davon." Er lächelt und legt mir eine Hand auf die Schulter. „Wenn du meinen Rat willst, dann hör auf dir den Kopf zu zerbrechen. An der Vergangenheit festzuhalten, bringt dich nicht weiter."

Die Lippen zusammendrückend nicke ich.

Cole hat recht. Es ist Zeit, dass ich die Vergangenheit hinter mir lasse.

Darum verdränge ich meine Sorgen und beschließe das Leben zu genießen.

17
EMMA

Mir auf die Lippe beißend sitze ich in meinem neuen Sommerkleid und den offenen Goldpumps auf der Rückbank, als Maxwell die Tür öffnet.

„Guten Abend, Sir. Wie war Ihr Wochenende?", höre ich ihn fragen.

„Gut. Danke. Wo ist Sophie?", dringt Alexanders Stimme zu mir in den Wagen.

„Zuhause. Sie hat sich eine Bauchgrippe eingefangen und lässt sich entschuldigen."

Von wegen Bauchgrippe.

Sophie war so lieb und hat mich anstelle ihrer zum Flughafen fahren lassen. Sie, Knox und Maxwell sind die Einzigen, die von Alexander und mir wissen. Wir haben entschieden, das mit uns nicht an die große Glocke zu hängen. Zumindest so lange nicht, bis wir wissen, wo das Ganze hinführt.

„Und Knox?", erkundigt sich Alexander.

„Hat heute frei."

„Ja, richtig."

Ein Schatten schiebt sich vor die Tür. Mein Herz schlägt einen Salto, als Alexander neben mir auf die

Rückbank sinkt und mir der Duft seines Aftershaves in die Nase steigt.

„Emma“, sagt er überrascht und der geschäftliche Ausdruck auf seiner Miene weicht einem Strahlen.

„Hi“, begrüße ich ihn mit einem Flattern im Bauch. „Ich bin hier, um für Sophie einzuspringen“, informiere ich ihn und deute auf das Klemmbrett auf meinem Schoß. Alexander schenkt dem Ding keine Beachtung. Stattdessen tasten seine Augen, die wie flüssiges Silber schimmern, über mein Gesicht.

„Verdammt, Babydoll …“ Er umfängt mein Gesicht und drückt seine Lippen auf meine. Sein Kuss ist so voller Sehnsucht, dass mir der Atem stockt. Er scheint mich genauso vermisst zu haben, wie ich ihn. Schon will er mich auf seinen Schoß ziehen, als ich eine Hand auf seine Brust lege und ihn innehalten lasse.

„Tut mir leid, aber ich habe versprochen, mich hierum zu kümmern“, sage ich und hebe das Klemmbrett hoch.

„Ist das so?“ Seine Augen werden eine Nuance dunkler. „Maxwell?“, sagt er, woraufhin der Chauffeur, der inzwischen hinterm Steuer sitzt, den Blick seines Chefs im Rückspiegel sucht. Alexander jedoch sieht den Mann nicht an. Er hat ausschließlich Augen für mich und die Art wie er mich ansieht, sorgt dafür, dass meine Nervenenden flirren.

„Bringen Sie uns zu mir nach Hause.“

„Sehr wohl, Sir.“

Maxwell fährt los und lässt die Trennwand hoch.

„Also gut“, sage ich und gehe den ersten Punkt auf Sophies Liste an. „Ich soll dir sagen, dass Donald nach Deutschland geflogen ist. Er wird persönlich dafür sorgen, dass Tori den Rest der Tournee durchziehen wird.“

Alexander, dem diese Info am Allerwertesten vorbeizugehen scheint, rückt näher.

„O nein!“, sage ich energisch und flüchte mich auf die seitliche Sitzbank. „Als nächstes soll ich dir ausrichten, dass die Slots für das *Braincrack*-Album gesetzt sind.“ *Was auch immer das bedeutet.* „Und Cedric ...“ Ich schlucke, denn Alexander sieht mich wie ein Raubtier unter gesenkten Wimpern an und folgt mir. „Also Cedric lässt dir ausrichten ...“

Er hat mich fast erreicht. Reflexartig hebe ich ein Bein und drücke ihm meinen Fuß gegen die Brust. Mit einem listigen Grinsen umfängt er mein Fußgelenk. Der Kuss, den er auf meinen Knöchel tupft, sorgt dafür, dass sich meine Brustwarzen zusammenziehen.

„... das Catering“, versuche ich zurückzufinden, doch es fällt mir schwer mich zu konzentrieren, weil Alexander sich mit sanften Bissen und Küssen an der Innenseite meiner Wade emporarbeitet. „... für das Finale“, fahre ich atemlos fort und umklammere das Klemmbrett, als wäre es ein Rettungsanker.

„Was ist damit?“, raunt er wohl wissend, dass er mich mit seinen Küssen um den Verstand bringt.

„Es ist ...“

Er greift nach dem Saum meines Kleides.

„Ja?“

„Bestellt“, keuche ich in dem Moment, da Alexanders Kopf unter mein Kleid taucht. „Oh Shit.“ Ich werfe das Brett zur Seite und packe durch den Stoff hindurch sein Haar. Der Mistkerl schmunzelt, ich kann seinen Atem auf meiner Haut fühlen. Einen Moment später zieht er mit der Zunge eine Spur über die Innenseite meines Oberschenkels zu meinem Schritt. Ich erschauere, als er seine Nase in mein Höschen drückt und hörbar einatmet.

„Fuck, wie ich das vermisst habe“, knurrt er und schiebt den Stoff beiseite. Seine Zunge findet meine Pussy, fährt genüsslich durch meine Spalte.

„Bitte“, sage ich und versuche ihn wegzuschieben. Mir ist bewusst, dass die Fahrt zu seiner Wohnung nur wenige Minuten dauert. Doch Alexander Channing lässt sich nicht verscheuchen. Stattdessen taucht er zwei Finger in mich und leckt über meinen Kitzler. Ein Blitzschlag fährt durch meinen Körper. In den vergangenen Tagen haben wir mehrmals täglich miteinander geschlafen. Nach einem Wochenende ohne Alexander und Orgasmus lechzt meine Libido nach Aufmerksamkeit. Ich kann nicht anders und kralle meine Finger tiefer in sein Haar, während Alexanders Lippen sich um meine Perle schließen. Hitze explodiert in meinem Schoß und breitet sich bis in meinen Magen aus, als er seine Finger in mir zu bewegen beginnt. Oh Gott, ich bin so ausgehungert, dass ich spüre, wie meine Lust aus mir herausläuft. Meine Schenkel beginnen zu zittern. Ich weiß, es wird nicht lange dauern, bis ich komme und werfe einen gehetzten Blick aus dem Fenster. Wir sind so gut wie da, biegen bereits in die Straße ab, in der Alexander wohnt.

„Nein, bitte …“, flehe ich und versuche ihn von mir zu schieben. Doch er gibt nicht nach und saugt noch fester an meiner empfindlichsten Stelle, während seine Finger mich innerlich stimulieren. Als sich meine Muskeln um ihn herum anspannen, weiß ich, dass es zu spät ist. Es gibt kein Zurück. Mit den ersten weißgoldenen Wellen, die durch meinen Körper rollen lasse ich los. Ich schreie und bäume mich in einem markerschütternden Orgasmus auf.

Wie durch einen Nebel bekomme ich mit, dass wir in die Garage fahren. Alexander kommt unter meinem

Kleid hervor. Während ich nach Atem ringe, wischt er sich genüsslich über die Mundwinkel und streicht sein dunkles Haar zurück. Dann setzt er sich zurück auf die Bank. Keine Sekunde zu früh, denn schon öffnet Maxwell die Tür. Dass der Mann meinen Lustschrei gehört hat, ist mir unangenehm. Am liebsten würde ich im Wagen sitzen bleiben.

Alexander, der bereits ausgestiegen ist, reicht mir die Hand. Mit vor Scham brennenden Wangen ergreife ich sie und lasse mir aus der Limousine helfen. Den Blick gesenkt, vermeide ich es Maxwell anzusehen.

„Das wäre alles für heute", entlässt ihn Alexander und hebt mich auf seine Arme. Ich vergrabe mein immer noch glühendes Gesicht an seiner Brust.

„Sehr wohl. Gute Nacht, Sir", höre ich den Chauffeur sagen, während Alexander mich zum Lift trägt. Durch den Stoff seines Hemdes kann ich fühlen, dass sein Körper glüht. Auch wenn er es sich nicht anmerken lässt, bin ich überzeugt, dass er sich nur mit Mühe zurückhält. Er drückt den Rufknopf des Lifts und ich öffne die oberen Knöpfe seines Hemds. Die Türen gleiten auf und ich tauche eine Hand unter den Stoff, streichle seine Brust, spüre den harten Muskeln unter der glatten Haut nach. Ich liebe Alexanders athletischen Körper. Jeden Zentimeter davon. Während ich weiter sein Hemd aufknöpfe, tritt er in die Kabine. Die Türen gleiten zu und Alexander lässt mich auf die Füße. Einen Wimpernschlag später liegen seine Hände am Saum meines Kleides. In einer einzigen fließenden Bewegung zieht er es mir über den Kopf und schmeißt es in die Ecke. Er holt scharf Luft, als er einen Blick auf die Reizwäsche wirft, die ich extra für den heutigen Abend gekauft habe. Seine Hände legen sich seitlich an meine

Brüste und gleiten abwärts, zeichnen meine Kurven nach bis sie auf meinen Hüften liegen.

„Wunderschön", sagt er mit Blick auf mein Höschen. „Aber im Weg." Er streift es über meinen Po und lässt es zu Boden fallen. Während ich aus dem Slip heraussteige, umfangen mich seine Arme. Mit einem geübten Handgriff löst er meinen BH. Als das Teil an mir hinabgleitet und ich nur noch in meinen goldenen Pumps dastehe, lässt Alexander ein weiteres Mal seinen Blick über meinen Körper wandern. Die Intensität in seinem Blick sorgt für ein scharfes Ziehen in meinem Unterleib. Ich will ebenfalls mehr von ihm sehen und die letzten Knöpfe seines Hemdes öffnen, doch da drängt er mich bereits gegen eine der verspiegelten Wände und küsst mich. Seine Hände sind überall, erforschen meinen Körper, während ich mit vor Ungeduld bebenden Fingern die letzten Knöpfe löse. Ich schiebe ihm das Hemd von den Schultern, entblöße seinen muskulösen Oberkörper. Dann öffne ich seine Hose und schiebe sie samt der Shorts hinab. Lang und dick federt mir sein Schwanz entgegen. Bevor ich dazukomme, ihn anzufassen, hebt mich Alexander hoch und drückt mich mit dem Rücken gegen den kalten Spiegel. Ich keuche und schlinge die Beine um ihn.

„Hast du mich vermisst?", fragt er und positioniert seine Spitze vor meinem vor Ungeduld pochenden Eingang.

„Ja", keuche ich und reibe mich an ihm – will, dass er sich in mich schiebt, mich nimmt.

„Sag es", raunt er, die Augen dunkel und fiebrig glänzend vor Verlangen und vor Sehnsucht.

„Ich habe dich vermisst, Alexander. So, so sehr." Ich versuche erst gar nicht die Inbrunst in meinen Worten zu verbergen. Ich bin verrückt nach diesem Mann und habe kein Problem damit, dass er es weiß.

Alexanders Kehlkopf hüpft. „Verdammt“, knurrt er, ehe er das Becken hoch- und sich tief in mich schiebt. Ein Seufzer purer Wonne rollt über meine Lippen. Ihn in mir zu haben ist ein fantastisches Gefühl. Alexanders Penis ist wie für mich gemacht. Er hat genau die richtige Größe und stimuliert – je nachdem wie er sich bewegt – einen Punkt in mir, der süchtig macht. Ich kreise mein Becken auf ihm, heiße seine Stöße willkommen. Er beugt sich vor, küsst meinen Hals und gibt mir die Möglichkeit, einen Blick über seine Schulter hinweg und auf die gegenüberliegende Spiegelwand zu werfen.

Wow, uns beim Sex zuzusehen ist verflucht heiß!

Alexanders Rückenmuskulatur tritt bei jedem Mal, da er sich in mich schiebt hervor. Sein knackiger, runder Po spannt sich unter seinen rhythmischen Stößen an. Ich schiebe meine Hände an seinen Rücken, spüre den harten Muskelsträngen nach. Alexander lässt von meinem Hals ab. Er schnappt sich eine meiner Brüste, drückt sie begierig zusammen und saugt an der Spitze. Das scharfe Ziehen, das dabei durch meinen Unterleib fährt, lässt mich aufschreien. Wenn er so weiter macht, wird es nicht mehr lange dauern, bis er mich auf den Zenit treibt. Hungrig ziehe ich meine Nägel über seinen Rücken. Unser beider Atem geht inzwischen stoßweise.

„Härter“, bettle ich, worauf er gewartet zu haben scheint. Denn er grinst an meiner Brust und rammt sich bis zum Anschlag in mich. Dabei trifft er den süchtig machenden Punkt in mir. Ich erschauere am ganzen Körper und bohre meine Nägel in seine Haut. „Mehr“, verlange ich, woraufhin er sich erneut grob und bis zum Anschlag in mir vergräbt. Ein raues Keuchen dringt tief aus meinem Inneren, während sich mein Orgasmus aufzubauen beginnt. Noch einmal saugt Alexander scharf an meiner Brustwarze und sorgt dafür, dass sich meine Muskeln auf himmlische Weise zusammenziehen. Als er seine Zähne in meinem Nippel vergräbt, zerspringt die Welt um mich herum in tausend grellleuchtende Stücke. Mein Orgasmus ist so intensiv, dass ich mich mit Armen und Beinen an Alexander festklammen muss, um nicht von meiner Lust davongespült zu werden. Mein Höhepunkt gibt auch ihm den Rest. Noch zwei Mal pumpt er hart in mich, ehe er erschauert und tief in mir kommt. Es ist ein vollkommener Moment. Mir ist, als würden wir miteinander verschmelzen. Hier und jetzt gibt es kein er oder ich. In diesem Augenblick sind wir eins. Nie zuvor habe ich etwas Intimeres erlebt.

Einige Atemzüge lang verharren wir in dieser Position, ehe Alexander seine Lippen auf meine senkt. Diesmal hat sein Kuss nichts Forderndes, sondern ist zärtlich und liebevoll.

Ohne sich von mir zu lösen, tastet er nach dem Bedienfeld. Der Lift setzt sich in Bewegung und als die Türen kurz darauf aufgleiten, lässt mich Alexander herab. Er nimmt meine Hand, will schon aus der Kabine, als er bemerkt, dass ich stehen bleibe.

„Was ist?“ Verwundert dreht er sich zu mir um.

„Tut mir leid, ich muss gleich wieder los. Ich bin nur gekommen, um dich abzuholen. Ich muss mich dringend auf das Finale vorbereiten.“

Da ich in den vergangenen Tagen so viel Zeit mit Alexander verbracht habe, bin ich noch nicht dazugekommen zu üben. Dabei steht das Finale bereits in wenigen Tagen an. Es würde mich nicht weiter stressen, hätte ich nicht heute erst erfahren, dass die Presse da sein und das Event landesweit im Fernsehen ausgestrahlt wird.

„Keine Chance, heute gehst du nirgendwo mehr hin."

Bevor ich zurückweichen kann, schnappt er mich und wirft mich über seine Schulter.

„Lass mich los", jammere ich und versuche mich zappelnd zu befreien.

„Nichts da. Ich habe entschieden, keine weitere Nacht mehr ohne dich zu verbringen", verkündet er und trägt mich in sein Penthouse.

Alexander hält Wort. In den kommenden Tagen schlafen wir kein einziges Mal getrennt. Damit ich überhaupt Zeit zum Üben finde, verzichte ich auf meine Auftritte auf der Straße.

Am Morgen, zwei Tage vor dem großen Finale, verabschiede ich mich von Alexander mit einem langen und verliebten Kuss. Er hat zum ersten Mal bei mir übernachtet, weil ich heute mit Maddie verabredet bin und früh aus dem Haus muss. Wir wollen zum Frisör, uns die Nägel machen lassen und ein Outfit für meinen Auftritt besorgen.

Da ich mich auf einen Quickie unter der Dusche eingelassen habe, bin ich spät dran. Als ich die Tür hinter Alexander schließe, rausche ich ins Bad, um mich fertig zu machen. Mir bleiben nur wenige Minuten, bis Maddie hier sein wird. Mit fliegenden Händen ziehe ich eine Jeans-Shorts und ein altes Band-Shirt an, das ich locker in die Hose stecke. Dann schlüpfe ich in meine kurzen Stiefel, fahre mir mit den Fingern durch die Locken und setze meinen geliebten Fedora auf.

Es klingelt an der Tür, als ich die Packung Antibabypillen aus dem Spiegelschrank hole.

„Komme sofort!“, rufe ich in Richtung Wohnungstür, drücke eine Pille heraus und spüle sie mit einem Schluck Wasser hinunter. Schon will ich aus dem Bad laufen, als mein Blick zurück auf den Blisterstreifen fällt. Darin befindet sich noch eine Tablette.

Augenblick ... Wie kann das sein? Ich hätte heute die letzte nehmen müssen.

Mein Hirn rattert und mir wird schlecht.

O mein Gott. Der Morgen, nachdem mir Alexander die Gitarre geschenkt hat und ich auf seiner Couch eingeschlafen bin. Da habe ich vergessen meine Pille zu nehmen.

Eine Hitzewallung überkommt mich.

Was, wenn ... Nein, Unsinn! Nur weil ich eine Pille vergessen habe, heißt das noch lange nicht, dass ...

Wieder klingelt es. „Emma!“, höre ich die gedämpfte Stimme meiner Freundin durch die Tür. „Wo bleibst du denn? Unser Frisörtermin ist in zehn Minuten.“

„Komme!“ Ich lasse die Pillenpackung liegen, schnappe mir meine Handtasche und eile los.

Doch den ganzen Vormittag über geht mir die Sache nicht aus dem Kopf. Ich kann an nichts anderes denken als an diese blöde Pille und Alexander.

Wie würde er reagieren, wenn ich schwanger wäre?

„Emma?“

Würde er sich freuen? Mein Herz beginnt zu rasen. *Oder wäre er sauer und würde mich verlassen?*

„Emma!“, reißt mich Maddie aus meinen Gedanken.

„Ähm, ja?“ Gestresst schaue ich sie an. Sie steht mit

einer blauen Bluse über dem Arm vor meiner Umkleide und misst mich mit ernstem Blick.

„Du bist schon den ganzen Vormittag über so komisch. Beim Frisör wärst du fast, ohne zu bezahlen gegangen, bei der Maniküre hast du die ganze Zeit an deinem Handy gehangen und eben bist du in den Handyladen rein, statt in die Boutique.“ Sie deutet auf den gegenüberliegenden Laden. „Was ist los mit dir?“

„Nichts. Es ist alles okay.“

Weil ich weiß, dass sie mich wie kein anderer kennt, senke ich den Blick auf den schwarzen, metallisch glänzenden Jumpsuit den ich anprobiert habe. Er ist wunderschön und setzt meine Kurven perfekt in Szene.

„Von wegen“, beharrt Maddie. „Raus damit, was ist los?“

„Der Jumpsuit ist ein Traum. Aber er ist viel zu teuer. Er kostet achthundert Dollar. Das ist alles, was ich in den letzten Tagen eingenommen habe.“

„Es reicht!“ Maddies Stimme hat einen strengen Tonfall angenommen. So redet sie sonst nur mit Eli, wenn er das Fläschchen verweigert. Den Kleinen hat sie heute übrigens bei ihrer Schwiegermutter gelassen.

Mir ist klar, dass sie nicht lockerlassen wird, darum lenke ich ein. „Mir ist etwas blödes passiert.“

„Und zwar?“

„Ich hätte heute meine letzte Antibabypille nehmen sollen und da ist mir aufgefallen, dass ich eine vergessen habe.“

„Das ist alles? Na und? Dann hast du eben eine Pille vergessen, wie hoch liegt die Chance, dass du deswegen schwanger wirst? Bei zwei Prozent?“

„Bei zehn.“ Laut Internet. Ich habe vorhin gegoogelt und die Tatsache, dass ich direkt nach meinem letzten Zyklus ungeschützten Sex hatte, verstärkt die

Chance. Ein Kloß aus Angst wächst in meinem Hals. „Was mache ich bloß, wenn ich schwanger bin, Maddie?“

„Quatsch!“ Sie winkt ab. „Das bist du sicher nicht. Oder sind deine Nippel geschwollen?“

Ich schüttle den Kopf, obwohl sie es sind. Aber das liegt an Alexander und der Tatsache, dass er gestern Nacht ausgiebig mit meinen Brüsten gespielt hat.

„Sind deine Beine geschwollen?“

„Nein.“

„Oder ist dir morgens übel?“

„Nein ...“ Das heißt doch, heute früh war mir übel. Aber das lag daran, dass ich die vergessene Pille entdeckt habe.

„Na siehst du. Keine Sorge, du bist nicht schwanger.“ Sie nimmt meine Hand in ihre und drückt sie liebevoll. „Und wenn es so wäre, bin ich überzeugt, dass du eine tolle Mom wärst.“

Ich umarme Maddie, bin dankbar eine Freundin wie sie zu haben. Bei dem Gedanken Mom zu sein überkommen mich jedoch gemischte Gefühle. Einerseits würde mich nichts glücklicher machen, als das Kind des Mannes unter dem Herzen zu tragen, für den ich mehr als für jeden anderen Menschen auf dieser Welt empfinde. Andererseits weiß ich nicht, ob ich schon so weit bin.

„Du wirst sehen, alles wird gut. Aber sollte deine Unsicherheit zu groß werden ...“ Sie kramt in ihrer XL-Handtasche und fördert einen Schwangerschaftstest zutage. „Hier.“

Ich hebe ungläubig die Brauen „Du läufst mit einem Schwangerschaftstest in der Tasche durch die Gegend?“

Maddie zuckt unbeeindruckt mit den Schultern.

„Ja, und? Bevor ich mit Eli schwanger wurde, habe ich mir etliche Tests gekauft."

Stimmt, daran erinnere ich mich. Liam und sie haben monatelang vergeblich versucht schwanger zu werden. Maddie, die es nicht erwarten konnte, endlich Mom zu werden, hatte alle paar Wochen gleich mehrere Tests gemacht. Sie hatte die Dinger immer und überall dabei.

„Du bist ein Schatz, ich danke dir", sage ich und stecke den Test in meine Handtasche. Maddie hat recht, ich bin bestimmt nicht schwanger. Trotzdem fühlt es sich gut an, den Test dabei zu haben.

„Nicht dafür." Sie schenkt mir ihr Zahnlückenlächeln und klatscht in die Hände. „Also dann, zurück zu deinem Auftritt. Dieses Teil", sie zeigt auf den Jumpsuit, „ist die Sahnehaube für deinen Auftritt. Damit wirst du die Jury aus den Socken hauen."

„Aber er kostet achthundert Dollar." Unsicher streiche ich über den seidigen Stoff.

„Na und? In wenigen Tagen bist du um hunderttausend reicher", meint sie und klingt dabei so überzeugt, dass ich mir einen Ruck gebe und ihn kaufe.

Mit leerem Portemonnaie aber glücklich, mache ich mich schließlich mit Maddie auf den Heimweg. Es ist höchste Zeit, dass ich mich endlich für das Finale vorbereite!

18
ALEXANDER

„Es ist alles vorbereitet", informiert mich Sophie, am großen Finaltag, als sie mich im Flur vor dem Proberaum abfängt. Es ist halb acht Uhr abends. In dreißig Minuten geht es los. „Bitte vergessen Sie nicht, dass Sie vor Showbeginn noch ein Interview haben."

„Ist gut, danke."

Sophie schwirrt ab und ich betrete den Proberaum, in dem Emma in ihrem schwarzen Jumpsuit und dazu passenden High Heels auf und ab geht. Sie sieht zum Niederknien schön aus, hat ihre Locken hochgesteckt und trägt ein dramatisches, dunkles Make-up, das ihre Augen betont. Ihre Lippen bewegen sich stumm. Ich schätze, sie geht gerade ihren Songtext durch.

„Hey, na du?", sage ich woraufhin sich ihr Blick auf mich richtet. Sie lächelt, wirkt entspannt, doch die kleine Falte zwischen ihren Brauen verrät, dass das Gegenteil der Fall ist. „Wie geht es dir?", will ich wissen und mit jedem Schritt, den ich näher auf sie zu komme, habe ich das Gefühl, ihre Nervosität deutlicher zu spüren.

„Ganz okay. Ich habe die Startnummer neun, bin

die Vorletzte“, antwortet sie mit einem leisen Zittern in der Stimme.

„Du wirst das super machen“, sage ich und ziehe sie an mich. Ich weiß, wir haben gesagt, dass wir die Sache zwischen uns für uns behalten. Aber wir sind hier allein und abgesehen davon bin ich an einem Punkt, wo mir egal ist, wenn die ganze Welt von uns erfährt.

„Was, wenn ich den Text vergesse?“ Sie zieht die Brauen sorgenvoll zusammen. Ich lächle und tupfe einen Kuss auf die Falte über ihrer Nasenwurzel.

„Das wirst du nicht, weil er hier drin gespeichert ist.“ Ich tippe auf ihre Brust. „Entspann dich, es wird alles gut.“

Zu gerne würde ich ihr sagen, dass sie außer Konkurrenz singt, denn ganz gleich wie die Jury entscheidet, ich werde Emma auf jeden Fall unter Vertrag nehmen. Aber davon sage ich ihr nichts, weil ich überzeugt bin, dass sie die *Voice Challenge* sowieso gewinnt. Sie soll sehen, dass sie es aus eigener Kraft bis an die Spitze schafft.

„Ich muss los“, sage ich sanft und gebe ihr einen Kuss. „Viel Glück.“

„Danke. Bis später.“

Als ich mich der offenstehenden Tür zuwende, betritt Lucien Frost den Raum. Er hat die Startnummer eins, eröffnet den Abend und wirkt dementsprechend angespannt.

„Mr. Channing?“ Das ist Sabrina West, die mich draußen im Flur, kaum dass ich ein paar Schritte weit gekommen bin, abfängt. Sie reicht mir einen Schwung Papiere, die ich entgegennehme. „Das ist der finale Zeitplan“ informiert sie mich. Während ich einen Blick auf die Unterlagen werfe, höre ich Luciens Stimme aus dem Proberaum.

„Du und Channing, hm?“

Ich hebe den Kopf, horche auf.

„Dann hatte Kail also recht …“

Kail?!

„Lass mich in Ruhe, Lucien.“

„Du kleine Schlampe vögelst den Chef.“

Er war es!

Wut peitscht durch meinen Körper. Mit dem Kiefer malmend, drücke ich Sabrina die Unterlagen gegen die Brust, die sie perplex entgegennimmt.

Na warte!

Mit großen Schritten und geballten Fäusten gehe ich zurück in den Proberaum. Lucien, hat Emma in eine Ecke gedrängt. Als er mich bemerkt, weicht er von ihr zurück.

„Mr. Channing …“ Sämtliche Farbe weicht ihm aus dem Gesicht.

„Du warst das“, knurre ich durch zusammengebissene Zähne. „Du warst der andere.“

„Der andere? Ich … ich … verstehe nicht, Sir?“, stammelt der Drecksack.

„Ich rede vom *C3*. Von dir und deinem Freund Kail.“

Nach dem Abend an dem Kail Emma in den Hinterhof gefolgt war, habe ich mir die Kameraaufnahmen des Clubs angesehen und entdeckt, dass Emma auf der Tanzfläche von einem zweiten Kerl bedrängt wurde. Zu meinem Ärger war die Aufnahme unscharf und der Typ nicht zu erkennen.

Wütend richte ich den Blick auf Emma. „Warum hast du mir nicht gesagt, dass dich der Wichser belästigt hat?“

„Belästigt?“ Sabrina, die hinter mir in den Raum kommt, klingt, als könne sie nicht glauben, was ich sage.

„Weil ich nicht wollte, dass du dir meinetwegen Ärger einhandelst." Sie senkt den Kopf – ist sich offensichtlich bewusst, dass sie einen Fehler gemacht hat.

„Keine Sorge", sage ich eisig, den Blick auf Lucien richtend, „Ärger bekommt hier nur einer. Los, pack deine Sachen und verschwinde. Du bist raus."

„Was?!", schnappen er und Sabrina gleichzeitig. Lucien war von Anfang an ihr Favorit. Ich weiß, dass sie große Stücke auf ihn hält.

„Ich dulde keine frauenbelästigenden Arschlöcher in meinem Team."

„Aber Mr. Channing, Sie können doch nicht so kurz vor der Show …"

Mein Kopf schnellt herum. Sabrina West ist seit zehn Jahren Teil meines Teams. Sie ist die beste A&R Managerin, die man sich wünschen kann und ich vertraue ihr. Aber wenn sie noch ein einziges Wort sagt, um diesen Mistkerl in Schutz zu nehmen, schmeiße ich sie hochkant raus.

Sie schrumpft unter meinem Blick – den sie richtig zu deuten scheint – zusammen und zieht die Schultern an.

„Natürlich, Sir. Ich hole Knox." Damit eilt sie davon und ich bleibe mit Lucien und Emma allein zurück.

„Das werden Sie noch bereuen", zischt Lucien.

„Du irrst dich", sage ich gezwungen ruhig und trete vor ihn. „Der Einzige, der hier etwas bereuen wird, bist du." Ich bringe mein Gesicht dicht vor seines. „Ich werde dafür sorgen, dass du weder hier noch sonst wo in den Staaten jemals eine Plattenvertrag erhältst."

„Das können Sie nicht tun!" Sein Blick springt gestresst zwischen meinen Augen hin und her. Die Verzweiflung in seiner Stimme lässt mich eisig lächeln.

„Und wie ich das kann. Deine Karriere ist beendet, bevor sie überhaupt begonnen hat." Mit diesen Worten wende ich mich Knox zu, der im Türrahmen erscheint. „Begleite Mr. Frost nach draußen", weise ich ihn an.

„Das ist nicht fair … Ich habe nichts getan!", zetert Lucien und tritt um sich, als Knox ihn an den Armen gepackt aus dem Proberaum begleitet. Draußen im Flur erregt Luciens Toben die Aufmerksamkeit der anderen Teilnehmer. Ich höre sie aus dem Green Room kommen und ihre verwundert klingenden Stimmen. Doch die anderen sind mir egal.

„Alles okay?", erkundige ich mich bei Emma, die aussieht, als würde sie jeden Augenblick in Tränen ausbrechen.

„Das wollte ich nicht", sagt sie mit brüchiger Stimme. „Ich habe sein Leben zerstört."

„Hast du nicht, Babydoll", sage ich entschieden und ziehe sie in meine Arme. „Das hat er sich ganz allein zuzuschreiben."

„Mr. Channing?" Ihr Tablet in den Händen wirft Sophie einen Blick zu uns herein. „Das Interview", erinnert sie mich.

Verdammt, das hätte ich beinahe vergessen.

„Ich komme!" Sanft löse ich mich von Emma und halte sie an den Schultern fest. „Vergiss die Sache mit Lucien und konzentriere dich auf deinen Auftritt", sage ich und schaue ihr in die Augen. „Ich glaube an dich, du schaffst das."

Sie presst die Lippen aufeinander und nickt. Bevor ich mich vorbeugen und sie küssen kann, reißt sie eine Hand hoch und drückt sie sich auf den Mund.

„Entschuldige, ich glaube ich muss …" Sie bricht mitten im Satz ab, stürzt aus dem Raum und eilt in Richtung Toiletten.

Was ist denn jetzt los? Besorgt schaue ich ihr hinterher. *Das scheint alles ein bisschen viel für sie zu sein.*

„Sophie?“

„Ja, Sir?“

„Ich will, dass sie ein Auge auf Emma haben.“

„Natürlich.“

Während ich aus dem Zimmer und den Flur hinab gehe, hoffe ich inständig, dass es ihr bald besser geht. Denn so kann sie nicht auf die Bühne.

19
EMMA

Zum dritten Mal innerhalb der letzten anderthalb Stunden hänge ich über der Kloschüssel. Wenn ich nicht wüsste, dass der Stress schuld an meinem flauen Magen ist, würde ich tippen, dass ich was Schlechtes gegessen habe.

Es klopft an meiner Toilettentür.

„Sicher, dass es Ihnen gutgeht?“ Es ist Sophie. Sie kümmert sich schon den ganzen Abend um mich – lässt mich nicht aus den Augen.

„Ja, sicher“, antworte ich, obwohl mir speiübel ist. „Wären Sie ein Schatz und würden mir meine Handtasche holen? Ich habe sie im Green Room liegen lassen?“ *Ich brauche dringend ein Pfefferminzbonbon.*

„Natürlich.“ Sie verlässt die Toilette und ich drücke die Klospülung. Mit weichen Knien stehe ich auf und gehe zum Waschbecken, wo ich mir den Mund ausspüle. Ich betrachte mich im Spiegel, wische das verschmierte Mascara weg und hoffe, dass der Abend bald geschafft ist. Ich bin erschöpft, fühle mich wie ein ausgewrungener Waschlappen.

Die Tür hinter mir geht auf und Sophie kommt zurück.

„Es ist so weit, nur noch wenige Minuten bis zu Ihrem Auftritt“, informiert sie mich und überreicht mir meine Tasche. Diese Info – gemischt mit Sophies unangenehm süßen Parfum – reicht, um meinen Magen erneut verrücktspielen zu lassen.

„Einen Moment noch“, keuche ich und stürzte zurück in die Toilettenkabine, wo ich mich vor die Schüssel werfe. Ich würge ein paar Mal trocken, doch es kommt nichts hoch. Mein Magen ist leer.

„Miss Sterling, soll ich einen Arzt holen?“

„Nein, nicht nötig.“

„Gut, aber dann sage ich Mr. Channing Bescheid.“

„Nein!“ Ich reiße den Kopf hoch, will nicht, dass er sich Sorgen macht und erst recht nicht, dass er mich so sieht. „Es ist alles okay, ehrlich“, versichere ich. „Ich bin gleich so weit.“

„In Ordnung. Dann warte ich draußen. Rufen Sie mich, wenn sie mich brauchen.“

„Ist gut.“

Ihre Absätze hallen auf den Fliesen wider. Mit der Tür, die hinter ihr ins Schloss fällt, atme ich durch.

„O Mann.“ Das Gesicht in den Händen bergend, knie ich da.

Schluss damit, Emma, schimpfe ich mich im Geiste. *Da draußen wartet eine einzigartige Chance auf dich. Wenn Grandpa wüsste, wie weit du es geschafft hast, er wäre unglaublich stolz. Du wirst jetzt aufstehen, da rausgehen und dein verdammt nochmal Bestes geben.*

Mit wackeligen Beinen stehe ich auf und hole die Dose Minzbonbons aus meiner Handtasche. Als sich der frische Geschmack auf meiner Zunge ausbreitet, fühle ich mich gleich besser.

„Okay, du schaffst das“, rede ich mir zu und stecke die Dose zurück in die Tasche. Dabei fällt mein Blick auf den Schwangerschaftstest, den mir Maddie geschenkt hat.

Ein Schauer überläuft meine Schultern. Eigentlich hätte ich meine Periode heute bekommen sollen. Ich fühle in meinen Bauch. Bis auf das Grummeln in meinem Magen ist alles okay. Es fühlt sich nicht an, als ob ich meine Tage jeder Moment bekommen würde.

Ich hole den Test hervor.

Was wenn mir übel ist, weil ich schwanger bin? Kann das sein?

„Blödsinn, so schnell geht das nicht ... Oder?“ *Verflixt! Ich muss es wissen!*

Mit vor Stress kalten Fingern reiße ich die Verpackung auf, ziehe mich aus und setze mich auf die Kloschüssel.

„Bitte“, flüstere ich, als ich über den Teststreifen pinkle, „sei negativ.“

Es ist nicht so, dass ich kein Baby mit Alexander will. Ich bin verrückt nach ihm und wünsche mir eine gemeinsame Zukunft. Aber es ist zu früh. Wir haben uns gerade erst kennengelernt. Außerdem stehe ich vor dem Beginn meiner Musikkarriere. Sollte ich das Finale gewinnen, wird sich mein Leben verändern. Ich werde keine Zeit für ein Baby haben.

Mit flauem Magen mache ich mich sauber und stehe auf. Ich wage es nicht auf das Ergebnisfeld des Testes zu sehen und ziehe mich stattdessen an. Schließlich stehe ich mit hämmerndem Puls in der Kabine.

„Also gut, dann ...“

Mit einem Knall springt die Toilettentür draußen gegen die Wand.

„Miss Sterling?!“

Sophies aufgebrachte Stimme erschreckt mich so sehr, dass ich um ein Haar den Test fallen lasse.

„Es tut mir so leid, ich habe mich in der Zeit vertan! Da Lucien raus ist, sind Sie jetzt schon dran."

„Oh, verdammt!" Rasch stopfe ich den Test zurück in meine Tasche und laufe aus der Kabine.

„Beeilen Sie sich!", drängt Sophie, als ich mir in Windeseile die Hände wasche. Dann laufe ich ihr hinterher in Richtung Bühne.

„Da sind Sie ja!", empfängt mich der Casting-Assistent, als wir dort ankommen. „Sie sind in wenigen Sekunden dran!"

In der Eile werfe ich Sophie meine Tasche zu, während der Mann mich am Arm packt und über die Treppe hinauf zur Bühne zieht. Draußen im Saal applaudieren die Zuschauer für Pierrick Dupon, der ihnen winkt und zu mir hinter den Vorhang kommt.

„Das war unglaublich!", schwärmt er, als er mich entdeckt. Seine Augen leuchten vor Begeisterung. „Was für ein Publikum." Er legt mir eine Hand auf die Schulter, während draußen ein Moderator die nächste Kandidatin ankündigt – mich!

„Hals- und Beinbruch", wünscht mir der Franzose, als mir der Assistent eine Hand in den Rücken legt.

„Los jetzt", drängt mich der Mann und schiebt mich zum Ausgang. Ich atme zittrig durch, straffe den Rücken und gehe auf die Bühne, wo sich direkt zwei Kameras auf mich richten. Applaus brandet auf und ein hochgewachsener Mann im Anzug, mit einem Showlächeln und einem Mikro in der Hand empfängt mich. Mein Herz schlägt so heftig, dass ich seine Worte nur verschwommen wahrnehme. Das Licht der Scheinwerfer verwehrt den Blick ins Publikum. Da ist nichts als eine grelle Wand, hinter der eine gespannte Menge auf meinen Auftritt wartet. Irgendwo in der ersten Reihe sitzt Maddie, die mich begleitet hat. Zu wissen, dass sie hier ist, verleiht mir Kraft.

„Freuen Sie sich mit mir auf Emma Sterling mit ihrem Song *Chase the Horizon*."

Applaus schwillt an und der Moderator macht eine ausladende Geste auf den Mikrofonständer in der Mitte der Bühne. Ich versuche mir meine Nervosität nicht anmerken zu lassen, lächle in die Kameras und nehme meinen Platz ein. Das Licht wird gedimmt und ein einzelner Scheinwerfer auf mich gerichtet. Wieder ist es mir unmöglich jemanden im Publikum auszumachen. Die Zuschauerränge liegen im Dunklen. Aber ich weiß, dass die *Manhattan Melody Hall* ausverkauft ist und sich zweieinhalbtausend Augenpaare auf mich richten. Und das sind nur die, die hier sind. Ich will gar nicht wissen, wie viele Menschen die Show zu Hause, vor ihren Fernsehern, verfolgen.

Das Intro setzt ein und meine Kehle wird eng. Plötzlich habe ich das Gefühl, hier so fehl am Platz zu sein, wie ein Schlagzeug in einer Bibliothek. Bei den Proben gestern habe ich gesehen, dass die anderen Kandidaten sich aufwendige Choreografien ausgedacht haben. Manche von ihnen haben Backgroundtänzer, andere Pyrotechnik oder aufwendige Lichteffekte in ihren Shows. Während ich mit nichts als meiner Stimme hier stehe.

Die letzten Klänge des Intros verstreichen und ich lege die Hände um das Mikro. Es folgt ein winziger Moment absoluter Stille, ehe ich den Mund öffne und mit der ersten Strophe beginne.

„In a small town, under the moon's gentle glow", singe ich und habe das Gefühl, als würden mich die Blicke der Anwesenden durchbohren. Adrenalin jagt durch meine Venen und mischt sich unter meine Nervosität. Meine Augen streifen durch die Dunkelheit unter mir, suchen nach einem Anker, etwas, an dem ich festhalten kann. Doch da ist nichts.

"Lives a young girl with a dream only she knows."
Oh lieber Gott, meine Stimme, sie zittert.

Mir wird schwindelig. Ich bin sicher es zu vermasseln, doch dann höre ich Alexander in meinem Kopf.

Ich glaube an dich, du schaffst das, sagt er und klingt dabei aus tiefstem Herzen überzeugt.

Ich schließe die Augen, sehe sein wunderschönes Gesicht. Er wölbt die Mundwinkel, schenkt mir sein unvergleichliches Lächeln. In meiner Fantasie steht Alexander zwischen Grandpa und Dad, die mir zunicken. Sie glauben an mich, wissen, dass ich es schaffen kann. Zuversicht und eine tiefe Ruhe überkommen mich. Mit dem Bild der drei Männer vor meinem geistigen Auge singe ich weiter, lege all die Liebe und Kraft, die sie in mir wecken in meine Worte.

„With every sunrise, her hope begins to soar,

Believing one day, she'll open destiny's door", mache ich weiter.

Klar und hell flutet meine Stimme den Konzertsaal, während ich die Augen geschlossen halte und aus tiefster Seele für die drei Männer singe, die mir alles auf der Welt bedeuteten und bedeuten.

20
ALEXANDER

„Sie singt wie ein Engel“, schwärmt Sophie, die zusammen mit Knox und mir im zweiten Rang in der Privatlounge sitzt. Ergriffen drückt sie sich die Hände auf die Brust, während Emma die Zuschauer mit ihrer außergewöhnlichen Stimme verzaubert. Ich habe Gänsehaut am ganzen Körper. Keiner der anderen Kandidaten ist ihr ebenbürtig. Sie singt außer Konkurrenz.

Als sie zum Ende kommt und die letzten Töne ihres Songs verklingen, herrscht einen Moment lang absolute Stille im Saal. Dann bricht tosender Applaus aus, begleitet von Jubelrufen und Standing Ovations. Selbst die Jury, an ihrem Tisch unter der Bühne, erhebt sich.

Emma strahlt vor Erleichterung, ihre Augen glänzen ergriffen im Scheinwerferlicht. Der Moderator kommt zurück auf die Bühne. Ich halte es keinen Moment länger hier oben aus, muss zu ihr.

Als ich mich aus meinem Sessel erhebe, wischt sich Knox verstohlen über einen Augenwinkel und steht auf. Dass Emma selbst meinen reservierten Bodyguard zu Tränen rührt, zeigt was sie draufhat.

„Schon gut", sage ich, als sich auch Sophie erheben will. „Bleibt und seht euch weiter die Show an."

Rasch verlasse ich die Lounge und laufe nach unten. Ich erreiche den Backstagebereich hinter der Bühne just in dem Moment, da Emma die Treppe herabkommt. Sie bleibt stehen, als sie mich sieht. Mein Brustkorb hebt und senkt sich unter schweren Atemzügen, während mein Herz vor Zuneigung überläuft. Emma eilt zu mir und wirft sich mir in die Arme.

„Ich bin so stolz auf dich", sage ich und drücke einen Kuss auf ihr Haar.

„Ich hab's geschafft, ich hab's wirklich geschafft", sagt sie immer und immer wieder. Wie es aussieht, hatte sie schlimmeres Lampenfieber als ich ahnte.

Einige Bühnenarbeiter, die hier hinten nach dem Rechten sehen, halten in der Arbeit inne und beobachten uns. Ich ignoriere sie, habe nur Augen für meine Hübsche.

„Ist dir immer noch flau im Magen?", erkundige ich mich. Emma hebt den Kopf. Auf ihrem puppenhaften Gesicht erscheint ein verärgerter Ausdruck.

„Sophie hat gepetzt?"

Ich lache und streiche ihr beschwichtigend über den Rücken. „Was hast du erwartet? Hätte sie es nicht getan, und ich wäre dahintergekommen, hätte sie Ärger bekommen. Und ich wäre dahintergekommen, das weißt du."

Emma verdreht die Augen. „Du Kontrollfreak."

„Und, ist dir noch flau?"

„Ein wenig", gibt sie zu.

„Dann holen wir dir ein Ginger Ale."

„Um ehrlich zu sein wäre mir ein Minzbonbon lieber. Ich habe welche in meiner Handtasche." Sie reckt den Hals, sieht sich nach etwas um. „Weißt du, wo Sophie ist? Ich habe ihr die Tasche gegeben."

„Sie ist oben in der Lounge. Komm."

Ich bringe sie in die zweite Etage, wo ich sie vor meiner Privatlounge warten lasse. Es ist egoistisch, aber bis zur Siegerverkündung bleibt nur etwa eine Viertelstunde in der ich sie mit niemandem – auch nicht Sophie oder Knox, die sie zu ihrem Auftritt beglückwünschen würden – teilen werde.

„Emmas Tasche", sage ich zu meiner Assistentin, während Emilija, die letzte Finalistin sich unten auf der Bühne halbnackt um einen ihrer Tänzer räkelt.

Sie hat keine Chance, denke ich im Stillen, während mir Sophie eine unscheinbare schwarze Handtasche reicht. Auf dem Weg zurück zu Emma öffne ich sie und suche nach den Minzbonbons. Dabei stoße ich auf etwas, das mich so erschreckt, dass mein Herz einen Moment aussetzt. Die Hand bereits nach der Türklinke ausgestreckt bleibe ich stehen.

Bitte nicht ...

Eiskalt läuft es mir den Rücken hinab, als ich nach dem weißen Plastikstäbchen greife. Ich drehe es um und tatsächlich, es ist ein Schwangerschaftstest.

Mit einem Mal ist mir, als würde man mir den Boden unter den Füßen wegziehen. Fassungslos starre ich auf den Teststreifen, während mich das grauenvolle Gefühl eines Déjà-vus überkommt.

Nein, das darf nicht sein. Emma ist nicht wie Gabriela, rede ich mir ein, doch da fällt es mir wie Schuppen von den Augen. In meiner Erinnerung sehe ich sie in meiner Küche stehen. *Lebst du eigentlich allein in diesem riesigen Penthouse?*, höre ich sie fragen. Damals hat mich ein ungutes Gefühl beschlichen, das ich jedoch verdrängt habe. Und dann, an dem Abend im *C3*, als sie mich über meine Firmen ausfragte, da überkam mich dieses Gefühl erneut. Verliebt wie ich war, habe ich es jedoch weggeschoben und mich von Emma blenden lassen.

Ich hätte es wissen müssen. Sie ist genau wie Gabriela.

Der bittere Geschmack von Galle breitet sich in meinem Mund aus.

Ich habe mich täuschen lassen, schon wieder. Emma ist an nichts anderem als an meinem Geld interessiert. Und dieser Test. Ich wette, er ist gefälscht.

Vor Wut schäumend reiße ich die Tür auf. Emma steht lächelnd und mit unschuldig vor dem Schoß gefalteten Händen da. Ihr Lächeln gefriert, als sie mich ansieht.

„Alex …"

„Dachtest du allen Ernstes ich würde darauf hereinfallen?" Ich werfe ihr die Tasche entgegen, die sie geistesgegenwärtig fängt und zeige ihr den Test. Ihre Augen runden sich.

„Woher hast du den?" Erschrocken reißt sie ihn mir aus der Hand.

„Woher wohl? Du hast mich angelogen!", donnere ich. „Von Anfang an hast du mir was vorgemacht. Und ich war so dumm, auf dich hereinzufallen. So viel zum Thema, du nimmst die Pille." In meinem Zorn spucke ich die Worte förmlich vor ihr auf den Boden.

„Die nehme ich auch …", sagt sie mit erstickter Stimme, den Blick fassungslos auf den Teststreifen gesenkt.

„Sicher. Für wie dumm hältst du mich eigentlich?" Mein Blut kocht. Mit jedem Wort, das ich von mir gebe, gerate ich weiter in Rage. „Was war dein Plan, hm? Mir ein Kind anzuhängen, damit ich dich heirate? Oder hast du vor, nun, da du dein Ziel erreicht hast, mich ordentlich für den kleinen Scheißer bezahlen zu lassen? So oder so du bekommst, was du willst, nicht wahr? Dir ist es von Anfang an nur um mein Geld gegangen. Gib es zu!“ Letzteres schreie ich, außer mir vor Wut.

Die Tür zur Lounge fliegt auf und Knox und Sophie erscheinen. Ich hebe eine Hand, gebe ihnen zu verstehen, dass es hier nichts für sie zu tun gibt.

„Gott sei Dank, Miss Sterling, da sind Sie ja!“ Fred, der Casting-Assistent kommt um die Ecke. „Wenn Sie bitte nach unten kommen würden? Die Siegerverkündung beginnt in Kürze.“

Emma, die den Blick noch immer auf den Test gesenkt hat, ignoriert den Mann. Stattdessen hebt sie den Kopf und ich sehe, dass Tränen über ihr Gesicht strömen. Obwohl ich außer mir bin vor Wut, zieht sich bei ihrem Anblick schmerzhaft mein Herz zusammen.

„Du bist das Letzte“, sagt sie mit erstickter Stimme und holt ihr Handy aus der Tasche. „Ich will gar nichts von dir. Weder dein Geld, noch deine Geschenke und erst recht nicht dich.“ Damit donnert sie mir das iPhone gegen die Brust und geht an mir vorbei.

„Miss Sterling!“ Fred läuft ihr gestresst hinterher. „Zur Bühne geht es da lang.“

„Ist mir egal, ich bin raus.“

„Aber … die Siegerehrung!“

„Findet ohne mich statt“, sagt sie, nimmt die Tür, die ins Treppenhaus führt, und knallt sie hinter sich zu.

21
EMMA

So sehr ich mich auch bemühe, meine Tränen wollen einfach nicht versiegen.

„Ach Süße, es tut mir so leid.“ Maddie, die ich aus dem Saal geholt habe, und die mit mir auf dem Weg nach Hause ist, legt mir eine Hand aufs Knie und drückt es mitfühlend.

„Wie konnte ich mich nur auf einen Mann wie ihn einlassen, wo ich doch wusste, dass ich nichts weiter als ein Spielzeug für ihn bin?“ Verzweifelt schlinge ich die Arme um mich selbst und wippe vor und zurück. Noch nie hat mich ein Mensch so sehr mit Worten verletzt wie Alexander. Ich dachte, er würde mich kennen, wüsste, dass ich weder Wert auf Geld noch Macht oder Erfolg lege.

Alles worum es mir ging, war er.

Neue Tränen rollen über meine Wangen.

Ich habe ihn geliebt, gestehe ich mir ein, was meinen Schmerz auf ein unerträgliches Maß steigert. Das Gesicht in den Händen verbergend, lasse ich meinem Kummer freien Lauf und weine bitterlich.

Maddie sitzt schweigend neben mir hinter dem

Steuer ihres Wagens und reibt über mein Knie. Sie weiß, dass es nichts gibt, was sie sagen kann, was meinen Schmerz lindert. Alexander hat mir das Herz gebrochen, damit werde ich leben müssen.

Zuhause angekommen, besteht sie darauf, dass ich heute Nacht bei ihr schlafe. Sie will nicht, dass ich allein bin. Also begleite ich sie in ihre Wohnung, wo wir Conny, ihre Schwiegermutter, auf der Couch vorfinden.

„Maddie, Emma? Was macht ihr denn hier?“ Die grauhaarige Dame mit den Hängewangen sieht überrascht zu uns auf. „Solltet ihr nicht dort sein?“ Ihr Finger zeigt auf den Fernseher. Mein Magen verknotet sich. Sie sieht sich das Finale an. Auf dem Bildschirm ist der Moderator mit seinem Showlächeln zu sehen. Die acht Finalisten stehen aufgereiht neben ihm auf der Bühne und hibbeln dem großen Moment entgegen.

„Und die *Channing's Voice Challenge* gewinnt ...“

Trommelwirbel schwillt an und Scheinwerfer rollen über die Teilnehmer.

„Shannon Brooks!“, verkündet der Moderator, woraufhin sich die Rothaarige überglücklich die Hände auf den Mund drückt und sich von den anderen Finalisten umarmen und feiern lässt.

„Schluss damit!“, schimpft Maddie, nimmt ihrer Schwiegermutter die Fernbedienung aus der Hand und schaltet den Fernseher aus. Conny, die mich erst jetzt genauer ansieht und erkennt, dass ich geweint habe, scheint zu begreifen, dass etwas vorgefallen sein muss. Sie zieht besorgt die Brauen zusammen.

„Ist hier alles gut? War Eli brav?“, erkundigt sich Maddie.

„Natürlich. Er ist ein Schatz, schläft seit acht Uhr

wie ein Engel." Conny wendet sich an mich. „Was ist passiert? Warum bist du hier?"

Mir wird es eng um die Brust.

Ich will mich nicht erklären.

Als hätte Eli meine Gedanken gehört, beginnt er zu weinen.

„Darf ich?", frage ich Maddie und deute auf das Babyphone.

„Sicher."

Ich fliehe ins Kinderzimmer, wo ich den Kleinen aus seinem Gitterbettchen hebe. Trostsuchend halte ich ihn fest an mich gedrückt und wippe ihn.

Mein Herz fühlt sich an, als wäre es in tausend Stücke gebrochen. Ich möchte schreien vor Verzweiflung, spüre, wie heiße Tränen meine Augen füllen.

„Schon gut, mein Süßer. Ich bin ja hier", sage ich weinend. Es dauert einen langen Moment, bis ich mich selbst und Eli beruhigt habe.

Mit dem Säugling auf dem Arm gehe ich zurück ins Wohnzimmer, wo Maddie gerade ihre Schwiegermutter verabschiedet. Als sie die Tür hinter ihr schließt und sich mir zuwendet, macht sie ein entschuldigendes Gesicht.

„Tut mir leid. Die Frau ist neugieriger und geschwätziger als eine Horde Waschweiber."

„Schon gut." Niedergeschlagen will ich ihr Eli geben.

„Kannst du ihn bitte noch einen Moment halten. Dann kann ich sein Fläschchen machen."

Ich glaube nicht, dass Eli Hunger hat, sondern Maddie ihn mir noch ein wenig lassen will, weil sie mich kennt und weiß, dass mir seine Nähe guttut. Ich folge ihr in die Küche und während sie Wasser aufsetzt und das Fläschchen am Waschbecken ausspült, gehe ich mit Eli auf dem Arm im Raum auf und ab.

„Was hast du jetzt vor?", will sie wissen.

„Gute Frage." Alexanders Reaktion hat mich so vor den Kopf gestoßen, dass ich noch keine Zeit hatte zu überlegen, was ich jetzt tun soll.

„Wirst du das Baby behalten?"

Ich senke den Blick auf Eli, mit seinem winzigen Näschen, den glänzenden Lippen und blauen Augen und versuche mir vorzustellen, wie Alexanders und mein Baby aussehen könnte.

„Ja", antworte ich entschlossen. Unter anderen Umständen könnte dies der wunderschönste Moment meines Lebens sein. Er sollte es sein! Immerhin trage ich das Kind des Mannes unter dem Herzen, den ich liebe.

„Und Alexander?"

„Was ist mit ihm?", frage ich und meine Kehle fühlt sich an, als würde man sie mir mit Stacheldrahtzaun zuschnüren.

„Hast du vor, mit ihm zu reden?"

„Es gibt nichts zu bereden. Er hat sich klar und deutlich ausgedrückt."

„Und das Baby?"

„Ziehe ich allein groß."

„Aber, Emma ..."

„Nein", beharre ich und spüre, wie Wut in mir aufkeimt. „Alexander hatte seine Chance. Ich zwinge ihm weder mich noch unser Kind auf." *Im Gegenteil, ich werde verhindern, dass das Kleine in einer Umgebung aufwächst, in der Geld und Macht wichtiger sind als Liebe. Das war's für mich mit der Musikbranche. Ab sofort kehre ich dieser oberflächlichen und kaltherzigen Welt den Rücken.*

Mit diesen Gedanken fasse ich einen Entschluss.

Stellvertretend für mein eigenes Kind, drücke ich Eli einen Kuss auf die Stirn und verspreche ihm, es zu beschützen.

„Darf ich dein Handy haben?“, frage ich Maddie, die überrascht die Brauen hebt.

„Sicher, es ist im Wohnzimmer in meiner Tasche.“

„Danke.“ Ich drücke ihr ihren Sohn in die Hände und gehe ins Wohnzimmer, wo ich ihr Smartphone hole. Dann gehe ich rüber in meine Wohnung und hole aus der Zuckerdose meinen Notfall-Hunderter. Es war eine dumme Idee, mein ganzes Geld für diesen blöden Jumpsuit auszugeben. Seit zwei Jahren bewahre ich diesen Hundert Dollar Schein auf. Nie hätte ich mir träumen lassen, dass ich ihn ausgerechnet für ein Ticket nach Staunton brauchen würde.

Niedergeschlagen seufzend wähle ich die einzige Nummer, die ich neben meiner eigenen auswendig kenne und hebe das Handy ans Ohr. Es klingelt vier Mal. Schon will ich auflegen, als Martha Sterling mit einem verschlafenen. „Ja, hallo?“, abhebt.

„Mom, ich bin‘s.“

„Emma?“

„Ja. Hi. Ich rufe an, um dir zu sagen, dass ich nach Hause komme.“

Stille. Dann. „Soll das ein Scherz sein?“

Ich schlucke den Schmerz, der heiß wie Feuer in meiner Kehle brennt, hinunter, wünschte es wäre einer. Wünschte, dieser Abend wäre nie passiert, wünschte ich hätte Alexander nie kennengelernt.

„Ist es nicht.“

„Na, endlich!“, ruft sie begeistert und mit plötzlich hellwacher Stimme. Als ich nichts darauf erwidere, begreift sie, dass ihre überschwängliche Freude fehl am

Platz ist und räuspert sich. „Ich meine. Das ist schön. Was hat dich zu diesem Entschluss veranlasst?"

„Das ist unwichtig."

Der Schmerz in meiner Stimme ist unüberhörbar, doch Mom geht nicht darauf ein.

„Tja dann! Bis wann darf ich mit dir rechnen?"

„Im Laufe der kommenden Woche. Da sind noch ein paar Dinge, um die ich mich hier kümmern muss." Mein Herz wird schwer wie Blei. Ich schließe die Augen und spüre, wie eine einzelne Träne über meine Wange rollt. „Apropos,", sage ich und senke den Blick auf die hundert Dollar Note in meiner Hand. „Es gibt da etwas, um das ich dich bitten muss."

„Natürlich" flötet sie ins Telefon. „Du sollst haben, was immer du willst, mein Kind. Sag Mommy einfach, was du brauchst."

22
ALEXANDER

Seit dem Finale sind zwei Tage vergangen. Zwei Tage, in denen ich weder gegessen noch geschlafen habe. Die Wut darüber, dass ich mich von Emma habe blenden lassen, ist erst Hass und schließlich nacktem Schmerz gewichen.

Heute stehe ich mit Cedric und der Gewinnerin der *Voice Challenge*, Shannon Brooks, im Tonstudio. Landauf und landab berichten die Medien über meinen neuen Superstar, verfolgen den Rotschopf auf Schritt und Tritt.

Superstar, denke ich bitter, als Shannon zu singen beginnt. *Sie mag die Töne treffen und eine passable Stimme haben, aber sie ist nichts Besonderes.*

Die Arme verschränkt, stehe ich vor dem Mischpult, den Blick durch die Glasscheibe und auf das Möchtegern Goldkehlchen gerichtet.

In meiner Brust klafft ein Loch, das mir die Luft zum Atmen raubt. Von Gabriela verarscht zu werden tat weh. Aber mich in Emma zu täuschen ... dieser Schmerz ist unbeschreiblich.

„Sehr gut und gleich nochmal", weist Cedric

Shannon an, als die mit ihrem ersten Durchgang fertig ist. Der Rotschopf reckt die Daumen in seine Richtung und strahlt mich an. Als das Intro ihres Songs beginnt, umfängt sie mit beiden Händen ihren Kopfhörer und beißt sich auf die Lippe. Wie sie mich unter ihren falschen Wimpern hervor ansieht, nervt.

Denkt sie, dass ich sie flachlege, nur weil sie gewonnen hat?

Die Kleine widert mich an. Ihr Song widert mich an. Cedric und die Art, wie er im Takt der Musik mit dem Kopf wippt, das Studio, mein Leben, einfach alles widert mich an.

„Was denn, du gehst schon?“ Die Stirn gerunzelt dreht sich der Musikproduzent zu mir um. „Meintest du nicht, du wolltest bei den Aufnahmen dabei sein?“

„Ich habe genug gehört“, brumme ich und verlasse das Studio. Draußen auf dem Flur läuft mir Sophie entgegen.

„Sir!“

„Was ist?“ Genervt gehe ich an ihr vorbei und in Richtung Ausgang. Ich will hier weg, brauche einen Drink ... oder fünf.

„Es geht um Miss Sterling.“

Ein Blitz schlägt in meine Brust. Ich bleibe stehen. „Was ist mit ihr?“

„Ich dachte, das hier interessiert Sie.“ Sie reicht mir ihr Tablet, das ich an mich nehme. „Ich wollte gerade Ihren Flug nach Turin buchen, da ist es mir aufgefallen.“

Auf dem Bildschirm ist mein Bankkonto zu sehen. Unter einer Vielzahl von Ein- und Ausgängen, entdecke ich Emmas Namen.

„Sie hat mir siebenundzwanzigtausend Dollar überwiesen?“

„Es ist das Geld für ihre Wohnung."

Ich verstehe nicht, bin wie vor den Kopf gestoßen. „Sie hat es mir zurückbezahlt?"

„Ja, Sir. Jeden einzelnen Cent."

Aber das kann nicht sein ... der Test ... das Baby ... es ist wie bei Gabriela ... ich dachte, Emma wäre wie sie. Ich war mir so sicher!

Die Erkenntnis, dass ich mich getäuscht und einen Fehler gemacht habe, trifft mich wie ein Vorschlaghammer.

Nicht Emma ist das Problem, sondern ich. Aus Angst, noch einmal an jemanden wie Gabriela zu geraten, habe ich mich in die Vorstellung verbissen, dass alle Frauen wie sie sind. Die Wahrheit ist, Emma hatte nie eine Chance.

„Verdammt", keuche ich und gebe Sophie das Tablet zurück. „Wo ist sie?"

„Das weiß ich nicht."

„Dann orten Sie sie!", fahre ich meine Assistentin an.

„Das geht nicht. Miss Sterling hat Ihnen das Handy zurückgegeben", erinnert sie mich.

Gestresst fahre ich mir mit den Händen durchs Haar.

Ich muss sie finden. „Wo ist Maxwell?"

„Steht draußen vor der Tür."

„Gut."

Mein Magen glüht, als ich loslaufe.

Was, wenn sie mich wegschickt, wenn sie mich nicht mehr will?

Bei dem Gedanken frisst die Hitze ein Loch in meinen Bauch. Ich verwerfe ihn und konzentriere mich während der Fahrt zu Emmas Wohnung darauf, die richtigen Worte zu finden.

An ihrem Block angekommen, nehme ich auf der Treppe immer zwei Stufen auf einmal. Mein Atem geht stoßweiße, als ich an ihrer Tür ankomme. Ich klingle, klopfe und spähe durch das Fenster in ihr Wohnzimmer. Es wirkt verwaist. Trotzdem klinge ich erneut und hämmere meine Faust gegen die Tür.

„Emma, mach auf!“

Keine Reaktion.

„Emma, bitte!“ Wieder drücke ich den Finger auf die Klingel und endlich geht eine Tür auf. Es ist die ihrer Freundin. Erleichtert drehe ich mich um, hoffe darauf Emma zu sehen, doch stattdessen blicke ich in die eisig blauen Augen von Madison.

„Du“, zischt sie durch zusammengebissene Zähne. „Wie kannst du es wagen, dich hier blicken zu lassen?!“ Wie ein Tasmanischer Teufel stürmt sie heraus und schlägt mit Fäusten auf mich ein. Der erste Schlag trifft meine Brust, der zweite mein Kinn. Weiter kommt sie nicht, weil ich ihre Handgelenke packe und festhalte.

„Lass mich los, du Mistkerl!“, brüllt sie.

„Maddie, was soll denn das?“

„Nenn mich nicht Maddie!“

Sie versucht sich nach Kräften zu befreien, doch mein Griff ist eisern.

„Deinetwegen habe ich meine beste Freundin verloren!“, ruft sie und bricht in Tränen aus.

Mein Herz zieht sich vor Schreck zusammen. „Soll das bedeuten, Emma ist etwas zugestoßen?!“

Nein, das darf nicht sein. Bitte Gott, lass nicht zu, dass ihr etwas passiert ist, schicke ich ein Stoßgebet gen Himmel. Es ist das erste Mal, seit ich ein Kind war, dass ich so etwas tue.

„Schlimmer! Sie ist zurück zu ihrer Mom.“

„Wann?“

„Das geht dich nichts an. Du hast genug Chaos in ihr Leben gebracht."

Ich packe Madison bei den Schultern. „Sieh mich an", verlange ich, woraufhin sie widerwillig ihre tränenverhangenen Augen auf meine richtet. „Ich habe den größten Fehler meines Lebens gemacht", sage ich geradeheraus. „Ich flehe dich an, hilf mir, ihn wiedergutzumachen."

Sie presst die Lippen aufeinander.

„Madison bitte. So darf es nicht enden! Ich muss sie zurückholen!"

Ich weiß nicht, ob es an der Inbrunst und dem Schmerz in meinen Worten liegt oder an der Tatsache, dass sie ihre Freundin genauso dringend zurück will wie ich, aber sie lenkt ein.

„Na schön." Mit einem Seufzen schiebt Maddie meine Hände von ihren Schultern. „Sie ist am Grand Central Terminal. Ihr Zug fährt in elf Minuten."

„Am Grand Central Terminal", wiederhole ich und gehe bereits rückwärts zur Treppe.

„Gleis drei."

„Alles klar. Du hast was gut bei mir!", rufe ich und stürme nach unten.

Von Emmas Wohnung aus dauert die Fahrt zum Bahnhof normalerweise eine viertel Stunde. Maxwell schafft sie in acht Minuten. Er lässt mich direkt vor dem Haupteingang des Bahnhofs raus. Von da aus stürme ich mit hämmerndem Puls durch die Menschenmassen. Um genau zehn Minuten nach elf erreiche ich Gleis drei. Gehetzt schaue ich mich nach Emma um und laufe den Bahnsteig hinab. Der Zug ist bereist eingefahren, was meinen Stresspegel durch die Decke schießen lässt. Ich presche an einem dicken Mann vorbei und stoße dabei den Koffer, der Person, die hinter ihm steht, um.

„Pass doch auf?“, schimpft eine Stimme, die wie warmer Sand über mein Rückgrat rieselt.

Emma!

Schlitternd komme ich zum Stehen und drehe mich zu ihr um. Sie stellt gerade ihren Gitarrenkoffer ab und bückt sich nach ihrem Gepäck. Ich gehe zu ihr, sinke vor ihr in die Hocke und lege meine Hände über die ihren, die sich um den Griff des Koffers schließen. Überrascht sieht sie auf und als sich unsere Blicke treffen, ist mir, als würde die Zeit stehenbleiben. Da ist eine Wärme und Sanftheit in ihren Augen, die meine Seele berührt. Nie war sie schöner als in diesem Moment. Die sommersprossengesäumte Nase, die kobaltblauen Augen und die rosigen Lippen.

„Hey, Babydoll“, sage ich, woraufhin sich ihre Brauen wie ein dunkler Mast senken.

„Was willst du, Channing?“, fragt sie frostig und schüttelt meine Hände ab.

Autsch. Das habe ich verdient.

„Dich“, sage ich ohne Umschweife.

Sie stößt ein bitteres Lachen aus. „Nein wirklich. Davon rate ich dir ab. Denn weißt du was, ich bin nur hinter deinem Geld her.“

„Touché.“

Wir stehen auf.

„Geh mir aus dem Weg.“ Sie versucht mich zur Seite zu schieben, doch ich weiche keinen Millimeter. Stattdessen schaue ich mit brennendem Blick auf sie hinab.

„Ich habe einen Fehler gemacht, Emma.“

„Schön.“ Sie setzt ein falsches Lächeln auf. „Dann sind wir ja schon zwei. Mich auf dich einzulassen war der schlimmste Fehler meines Lebens. Ich hätte es besser wissen sollen.“ Ihre Worte triefen vor Verachtung und lassen das Loch in meiner Brust noch ein Stück weiter aufklaffen. Sie rammt mich mit der Schulter und geht an mir vorbei.

„Nicht so schnell." Ich fahre herum, laufe ihr nach und stelle mich ihr in den Weg. „Wir sind noch nicht fertig", sage ich bestimmend. Sie öffnet den Mund, doch ehe sie etwas sagen kann, lege ich ihr eine Hand über die Lippen. Emma kneift die Augen zusammen. Sie kocht vor Wut. Schon will sie meine Hand wegschiebe, als ich sie mit einem herrischen „Warte", innehalten lasse. „Bitte", sage ich eindringlich, als sie mich mit einem bitterbösen Blick straft. „Ich will nur diese eine Chance, um mich zu erklären. Wenn du dann immer noch wegwillst, nur zu."

Langsam senke ich die Hand, rechne damit angeschrien und beschimpft zu werden, doch Emma bleibt ruhig. Sie wirft einen Blick auf die Bahnhofsuhr über uns.

„Du hast eine Minute", sagt sie und verschränkt die Arme vor der Brust. Ich atme erleichtert aus.

„Okay. Vor zwei Jahren ...", beginne ich und erzähle ihr von Gabriela. Ich versuche nichts auszulassen, bin schonungslos offen und erkläre, dass ich seit ihrem Betrug ein Vertrauensproblem habe. „Versteh mich nicht falsch, meine Vergangenheit entschuldigt nicht, wie ich mich dir gegenüber verhalten habe", sage ich, „aber vielleicht lässt sie dich verstehen, warum ich überreagiert habe."

„Das tut sie", sagt sie distanziert, „aber ich bin nicht Gabriela."

„Das weiß ich." *Gott, ich würde all mein Geld dafür geben, wenn ich die Zeit zurückdrehen und meinen Fehler ungeschehen machen könnte.* „Bitte", ich nehme ihre Hand, „verzeih mir und lass uns von vorne beginnen."

„Nein." Emma zieht ihre Hand zurück und die Kälte auf ihrem wunderschönen Gesicht schneidet mir ins Herz. „Ich werde unser Kind weder seinem emotionslosen Vater noch der Musikbranche aussetzen, wo Menschen wie Schachfiguren eingesetzt, und ihre Karrieren, ohne mit der Wimper zu zucken, geopfert werden."

„Wenn das eine Anspielung auf Lucien ist, dann sollst du wissen, dass ich nach wie vor dazu stehe, ihn rausgeschmissen zu haben." Mit ernster Miene mache ich einen Schritt auf sie zu. „Niemand wagt es, sich an dem zu vergreifen, was mir am meisten auf der Welt bedeutet, und kommt ungeschoren damit davon."

Meine Worte lassen sie überrascht blinzeln.

„Ja, du hast richtig gehört", fahre ich fort, „es mag mir schwerfallen, meine Gefühle in Worte zu fassen, aber das heißt nicht, dass ich keine habe. Du bedeutest mir alles, Emma. Und wenn du glaubst, dass ich dich und unser Kind einfach so aus meinem Leben verschwinden lasse, dann irrst du dich."

Sie schluckt, sagt jedoch nichts.

„Du hast mein Leben auf den Kopf gestellt, hast mir gezeigt, wie unbeschwert und glücklich ich sein kann. Ich weiß, ich habe mich wie ein Idiot verhalten und das Vertrauen, das du mir entgegengebracht hast, zerstört. Aber ich bin bereit, alles zu tun, um es wiedergutzumachen."

Emma sieht mich an. Auf ihrem Gesicht ringen Wut und Schmerz miteinander. „Du hast keine Ahnung, wie sehr du mich verletzt hast."

„Das stimmt", sage ich aufrichtig, „aber ich kann dir sagen, dass es mir unendlich leidtut. Und eine Sache weiß ich genau: Ich liebe dich, Emma Sterling, und wenn du mich zwingst, dich in diesen Zug steigen zu lassen, dann werde ich dir folgen, wenn nötig, bis ans Ende der Welt. Ich werde nicht aufgeben und bis zu meinem letzten Atemzug um dich kämpfen."

Niemals hätte ich gedacht, dass ich jemals wieder jemandem meine Gefühle gestehen könnte. Ich hatte mit der Liebe abgeschlossen, doch dann kam Emma ...

„Bitte, Babydoll." Ich umfange ihr Gesicht, sehe, dass ihre Augen feucht sind. „Verzeih mir. Lass mich meinen Fehler wieder gutmachen und dir beweisen, dass ich der Mann und Vater sein kann, den ihr zwei verdient." Ich sinke auf die Knie und küsse ihren Bauch. Etwas tropft auf meine Stirn. Ich hebe den Kopf und sehe, dass Emma weint. Sie legt die Hände um mein Gesicht.

„Ich vergebe dir", sagt sie mit einer Stimme, dünn wie Papier. Ich stoße erleichtert den Atem aus, stehe auf und will sie küssen, doch sie legt mir einen Finger auf den Mund. „Aber nur, wenn du versprichst, dass du die Vergangenheit hinter dir lässt."

„Das ist längst geschehen", versichere ich und nehme ihre Hand in meine. „Die Vergangenheit mag nicht mehr zu ändern sein, aber die Zukunft. Sie gehört uns und ich schwöre dir, dass ich sie nie wieder leichtsinnig aufs Spiel setzen und alles für unsere Familie tun werde." Mit diesen Worten senke ich meine Lippen auf ihre, lege den Schmerz der vergangenen Tage und meine ganze Liebe in diesen Kuss. Als Emma ihn mit derselben Leidenschaft erwidert, weiß ich, dass wir alles überwinden können, solange wir nur zusammen sind. Denn sie ist die Eine, mein Babydoll.

EPILOG
ALEXANDER

Sechs Monate später

„So here we stand, hand in hand, dreaming of our little man", singt Emma das Outro von *Our Shining Light,* dem Song, den wir gemeinsam für unseren ungeborenen Sohn komponiert haben. Emma ist im siebten Monat schwanger und kann es genauso wenig erwarten ihn endlich in den Armen zu halten wie ich.

"You're a gift, our sweet delight, can't wait to meet you, hold you tight", erfüllt ihre Stimme hell und voll den Raum. Am Mischpult sitzend betrachte ich sie, wie sie mit geschlossenen Augen und einem Lächeln, das ich küssen möchte im Aufnahmeraum steht.

"Our love, complete, with you in sight, our baby boy, our heart's light"

Die Hände um das Mikro gelegt singt sie die finale Zeile und bringt mit ihrer unvergleichlichen Stimme mein Herz zum Schwingen.

Our Shining Light ist der letzte Song aus Emmas erstem Album, für das es weder eine Tournee noch eine

Promotion mit Fernsehauftritten und Interviews geben wird. Denn dieses Album ist nicht für die Außenwelt, sondern für uns. In den letzten Monaten haben wir zwei unsere Vergangenheiten und alle damit verbundenen positiven sowie negativen Gefühle in die unterschiedlichsten Songs gepackt. Es hat uns einander noch näher gebracht und war unsere Art, mit dem, was wir erlebt haben, abzuschließen. So wie die Situation mit ihrer Mom. Nachdem Martha erfuhr, dass Emma sich umentschieden hatte und doch in New York bleiben wollte, hat sie aus Zorn den Kontakt zu ihr abgebrochen. Ihre Reaktion hat Emma anfangs zugesetzt. Aus irgendeinem Grund hatte sie das Gefühl, mit ihrer Mom nicht brechen zu dürfen. Also sind wir nach Staunton gefahren. Sie hat versucht, mit der Frau zu reden, doch Martha Sterling hat sie nicht zu Wort kommen lassen und vor die Tür gesetzt. Ihr war egal, dass Emma schwanger ist. Sie will weder mit ihr noch ihrem Enkel in Zukunft etwas zu tun zu haben. Das ist mir recht, denn ich hätte die beiden ohnehin von dieser selbstsüchtigen Hexe ferngehalten.

Emma hat den Bruch mit Martha in einem Song ihres Albums verarbeitet. Es wird uns ein Leben lang daran erinnern, was wir zusammen geschafft und hinter uns gelassen haben.

Ich liebe Emma mehr denn je. Sie ist der erste Mensch, dem ich mein Herz geöffnet und ihn bis in meine Seele habe blicken lassen. Ich weiß, ich kann ihr vertrauen und werde solange ich lebe alles für sie und unser Kind tun.

Das Bild, das ich damals von Emma vor meinem geistigen Auge hatte – wie sie mit dem kleinen Jungen auf dem Arm vor der Spüle steht – habe ich bis heute nicht vergessen. Ich bin überzeugt, dass es eine Art

Eingebung war, eine Vorschau auf unsere gemeinsame Zukunft.

Apropos Zukunft, die werden wir fernab des New Yorker Trubels erleben, in Eastport, Maine. Emma, die heute froh darüber ist, die *Voice Challenge* nicht gewonnen zu haben, strebt keine Karriere mehr als Superstar an. Sie sagt ihr reicht es, wenn sie hin und wieder auf Hochzeiten, Taufen oder Charity Events auftreten kann – was ich selbstverständlich und mit großem Stolz in die Wege leiten werde. Für mich ist und bleibt sie der einzig wahre Superstar. Übrigens habe auch ich vor kürzer zu treten und die Zeit mit meiner Familie zu genießen. Darum habe ich entschieden, Sophie mehr Verantwortung zu übertragen. Ich vertraue ihr und weiß, dass sie mich würdig vertreten wird.

Gott, ich kann es kaum erwarten, nach Eastport zu ziehen. Dort habe ich uns ein wunderschönes Haus am Strand gekauft. Da ich weiß, dass Emma ihre beste Freundin vermissen würde und ich Maddie noch etwas schuldig war, habe ich für sie, Eli und Liam das Haus gegenüber gekauft. Die drei sind bereits vor einem Monat umgezogen und Emma und ich werden ihnen heute, sobald die Aufnahmen im Kasten sind, folgen.

Sowie die letzten Klänge von *Our Shining Light* verhallen, drücke ich auf den Talkback-Knopf.

„Das war‘s. Wir sind fertig“, informiere ich Emma, die nickt, den Kopfhörer abnimmt und zu mir kommt.

„O Mann“, jammert sie und küsst mich. „Ich muss schon wieder auf die Toilette. Unser kleiner Rabauke tanzt seit einer Stunde auf meiner Blase herum.“ Sie streichelt liebevoll über ihren runden Bauch. „Wenn du willst, können wir danach direkt zum Flughafen.“

„Der wird warten müssen und die Toilette auch.“

Emma, die bereits auf dem Weg zur Tür ist, dreht sich verwundert zu mir um.

„Wieso das? Ich oh …“ Ihr Mund klappt auf, als sie sieht, dass ich auf ein Knie sinke. „Alex?“ Sie kommt zu mir und ich nehme ihre Hand.

„Bevor wir in unser neues Leben in Maine starten, möchte ich dir eine Frage stellen.“

Emma drückt sich eine Hand auf den Mund, als ich ein Ringetui hervorhole und aufklappe.

„Emma Sterling, du bist mein Herz und meine Seele. Mit dir an meiner Seite habe ich das Gefühl, endlich angekommen zu sein. Ich liebe dich mehr, als ich es in Worte fassen kann und möchte den Rest meines Lebens mit dir verbringen. Willst du mich zum glücklichsten Mann der Welt machen und meine Frau werden?“

Eine Träne rollt über ihre Wange. „Ja“, wispert sie ergriffen und beugt sich zu mir „Ich will.“ Damit umfängt sie mein Gesicht und senkt ihre wundervollen Lippen auf meinen Mund.

Seltsam, wie das Leben manchmal spielt. Bevor ich sie kennenlernte, konnte ich mir nicht vorstellen, je eine eigene Familie zu haben und heute kann ich es kaum erwarten, bis wir endlich zu dritt sind.

ÜBER DIE AUTORIN

Christine Troy wurde 1981 in Dornbirn, Österreich, geboren. Glücklich verheiratet lebt sie mit ihrem Mann und den beiden gemeinsamen Kindern bis heute im beschaulichen Vorarlberg. Die Leidenschaft fürs Schreiben entdeckte sie erst mit Ende zwanzig. 2015 wechselte sie vom Jugendfantasy- ins Romance- Genre, wo sie sich über eine große und stetig wachsende Fanbase erfreut. Neben dem Schreiben arbeitet Christine als Werbesprecherin.

Homepage: www.christinetroy.at
Facebook:www.facebook.com/ChristineTroyAutorin
Instagram:www.instagram.com/christine_troy_autorin/
Anmeldung zum Newsletter

Du bekommst nicht genug von den
Millionaires of Manhattan?
Am 23. August 2024 geht es weiter mit:
Thrilling Mister Perfect von C.R. Scott

Plötzlich wünschst du dir, du wärst ihm niemals begegnet!

Eigentlich hat Cole alles, was ein Mann sich nur wünschen kann: Tolles Aussehen, gute Freunde und überaus nette Geldbeträge auf seinen Bankkonten. Nach dem Verkauf seiner ersten Firma hat er sich sogar einen Traum erfüllt und seinen eigenen, exklusiven Golfclub ins Leben gerufen. Doch obwohl die Frauen ihm scharenweise hinterherlaufen, findet sich unter ihnen nicht ... die Eine. Bis er Marielle begegnet! Sie verkörpert alles, was Cole anspricht. Dumm nur, dass sie Stammgast in seinem Golfclub ist. Denn er hat sich geschworen, niemals etwas mit einer Frau anzufangen, dic regelmäßig seinen Club besucht. Eigentlich müsste er seine Gefühle für Marielle also ignorieren. Als sie sich dennoch näherkommen, wird Cole von seiner Vergangenheit eingeholt – und nichts ist mehr, wie es vorher war ...

Abgeschlossener Liebesroman der Reihe „Millionaires of Manhattan". Vier einflussreiche Freunde, die eine Leidenschaft teilen. Vier Geschichten zum Träumen und Verlieben. Viermal knisternde Anziehung, Verbrennungsgefahr und ein Happy End.

IMPRESSUM

Christine Troy
Altacherstraße 35
6840 Götzis
Österreich
www.christinetroy.at

Copyright ©2024 Christine Troy

Alle Rechte vorbehalten.

Eine Kopie oder anderweitige Verwendung ist nur mit schriftlicher Genehmigung von Seiten der Autorin gestattet. Die Geschichte in diesem Buch ist eine Fiktion. Charaktere, Namen, Orte und Begebenheiten sind das Produkt der Fantasie des Autors oder werden fiktiv verwendet. Ähnlichkeiten mit Orten, Ereignissen, lebenden oder toten Personen sind rein zufällig. Die in diesem Buch erwähnten Markennamen und Warenzeichen sind im Eigentum des rechtmäßigen Eigentümer.

Lektorat: Helene Prigge
Korrektorat: Antje Steffen (Antjes kleine Textwerkstatt)
Covergestaltung: Michael Troy / MT-DESIGN
Verwendete Bilder: © lightfieldstudios, www.123RF.com, © maciejbledowski, www.123RF.com
©austler, www.123RF.com

Homepage: www.christinetroy.at
Facebook:www.facebook.com/ChristineTroyAutorin
Instagram:www.instagram.com/christine_troy_autorin/
Anmeldung zum Newsletter

ISBN: 9798334006409
Imprint: Independently published

Printed by Amazon Italia Logistica S.r.l.
Torrazza Piemonte (TO), Italy

63640735R00131